招魔六陣篇
CHAOS LEGION《カオスレギオン》
「お待ちしておりました……」
ノヴィアの方から、男の腕に倒れこんだ。

「ノヴィア、チビ、来い！　盟約により、森の守護者に助勢する」

貴方の目に宿るのは万里を見通す力——それに私の幻視の力を、委ねます。

カオス レギオン0

招魔六陣篇

894

冲方　丁

富士見ファンタジア文庫

136-2

口絵・本文イラスト　結賀さとる

目次

第一話　エルダーシャの娘

主、汚《けが》れし霊《れい》に問いたもう。

「汝《なんじ》の名は何か」

彼、答えていわく——

「〝軍団《レギオン》〟……我ら大勢《たいぜい》なるゆえに」

横殴《よこなぐ》りの風に抗《こう》し、青い法衣姿《ほういすがた》の少女が、白木《しらき》の杖《つえ》を握《にぎ》りしめ、言った。栗色《くりいろ》の髪《かみ》を銀の紐《ひも》で束《たば》ね、色白の頬《ほお》に、淡《あわ》い紫《むらさき》の瞳《ひとみ》、小柄《こがら》な身を凜《りん》と伸《の》ばし、胸元《むなもと》には天界《てんかい》の聖性《せいせい》を力の源《みなもと》とする〈銀の乙女《おとめ》〉の紋章《もんしょう》を飾《かざ》っている。

「なに、それぇ」

と、少女の肩先《かたさき》で、鈴《すず》の音《ね》のような声が返す。掌《てのひら》ほどの大きさの妖精《ファー》だった。シルクのドレスに女性形をした身を包《つつ》み、瞳も髪も金に輝《かがや》き、その背で震《ふる》える羽も金色をしていた。

「聖典《せいてん》の一節よ。そうして霊は、闇《やみ》に潜《ひそ》む聖法庁の敵を倒《たお》す使命《しめい》を与《あた》えられた……」

「それが、黒印騎士団《シュワルツ・リッター》の由来《ゆらい》、ねぇ……。でも何で、汚れし霊なんて言われてんのよ」

「きっと……お風呂《ふろ》嫌《ぎら》いなのね」

風が、少女の栗色の髪を激《はげ》しく吹《ふ》き上げる。

「黒印の軍団《ぐんだん》は、数千とも数万とも言われているわ。そんな沢山《たくさん》のお風呂嫌いを改心《かいしん》させるなんて、聖法庁は本当に偉大《いだい》ね……」

びゅうおぉお……。また違《ちが》う意味で、冷たく吹き荒《すさ》んだ気がする風に、体を持っていかれそうになりながら、妖精《ファー》が声を絞《しぼ》る。

「いや、きっと、観念的《かんねんてき》な意味で汚れているんであって、本当に汚《きたな》いわけじゃあ……」

そのとき——

「ノヴィア、こんなところに居たのか！」

大きな呼び声がして、草原《そうげん》を貫《つらぬ》く一本道を、一孤《いっこ》の騎影《きえい》が、少女のもとに駆《か》け寄ってきた。

「あっ、ブランカ様ーぁ！」

たちまち、妖精《ファー》が目を輝かせて叫《さけ》ぶ。

「やぁ、アリスハートも。ご機嫌麗《きげんうるわ》しゅう、我らが可憐《かれん》なる姫君《ひめぎみ》と、妖精どの」

思わず落書きしたくなるほど真っ白い馬から下り、丁寧《ていねい》にお辞儀《じぎ》をするのは、これまた純白の鎧《よろい》とマントに身を包んだ、騎士である。

聖法庁から派遣《はけん》され、今や近隣《きんりん》の辺境騎士《へんきょうきし》団《だん》を一手に束ねる、聖騎士身分《みぶん》の男だった。

「盲目《もうもく》の身で、よくこんな場所まで……」

「アリスハートが私の目となってくれます。ご心配には及《およ》びません、ブランカ隊長」

少女が騎士を向く――が、それは気配《けはい》を察《さつ》してのことで、相手を見ているわけではなかった。淡《あわ》く澄《す》み切った紫の目は焦点《しょうてん》を定めず、茫々《ぼうぼう》と宙を泳《およ》いでいる。盲目であることを示す白木の杖を握《にぎ》りしめ、言った。

「それに、もし敵の斥候《せっこう》に襲《おそ》われた時は、アリスハートが自爆《じばく》して私を守ってくれます」

「おお、なるほど。それは安心だ」

えっ、と、アリスハートが目を剝《む》く。

「あたしにそんな力、無いってば」

ははは、ふふふ、と笑う騎士と少女の間で、アリスハートの抗議《こうぎ》が見事《みごと》に風に流される。

「また黒印騎士団《シュワルツ・リッター》とやらを探して……？」

「はい。気配を感じます。数え切れぬ兵が、私達を救いに、現《あらわ》れようとしているのを」

「数千数万の、闇《やみ》の軍団ですか……そんな圧倒的《あっとうてき》な軍勢《ぐんぜい》が来れば、我らも危機を脱《だっ》せるのでしょうが……どうも、信じがたい話です」

かぶりを振《ふ》るブランカ隊長に、アリスハートはちょっとほっとした。ノヴィアといると、時々、まともなことを言う自分の方が間違っているような気にさせられるからだ。

「それよりもノヴィア、いつものように、彼らを弔《とむら》ってあげて下さい。決戦の準備に忙《いそが》しく、いまだ一人も葬《ほうむ》れずにいるのですから」

ふいに、かすかな陽光《ようこう》が射《さ》した。草原を覆《おお》い尽《つ》くすものが、不気味《ぶきみ》な光を跳《は》ね返《かえ》す。

砕《くだ》けた剣《けん》や鎧《よろい》、千切れ飛んだ馬具——そして血も乾《かわ》かぬ死体達。それこそ何百もの死者が、地面一杯《いっぱい》に折り重なっているのだった。

「この荒《あ》れ狂《くる》う風——死者が辺りに堕気《だき》を招《まね》いている証拠《しょうこ》……お願いします」

ノヴィアはうなずき、こつこつと杖《つえ》で道を探《さぐ》って草原に降りた。見えぬ目を死者の群《むれ》に茫漠《ぼうばく》と泳がせ、緩《ゆる》やかに息を整《ととの》える。

やがて、切々と澄み渡《わた》る慰撫《いぶ》の歌声が、その小さな唇《くちびる》の隙間《すきま》から流れ出していった。

「……さすが〈銀の乙女《おとめ》〉の後継者《こうけいしゃ》」

ブランカが感に堪《た》えぬように呟《つぶや》く。

吹き荒ぶ風が伴奏《ばんそう》となり、無惨《むざん》な戦場の跡《あと》に慈愛《じあい》の歌を届けてゆく——と、
ずどん！　地面が揺《ゆ》れるかと思うほどの、凄《すさ》まじい音が鳴り響《ひび》いた。

ノヴィアの歌声が途切《とぎ》れた。ブランカとアリスハートがぎょっとなって道を振り返る。

いつの間に現れたのか、一人の男が、何か大きな物を地に突《つ》き立て、こちらを見ていた。

高い鼻梁《びりょう》に白皙《はくせき》の面立《おもだ》ち。一流の彫像《ちょうぞう》のような顔を、燃えるような赤い髪《かみ》が飾《かざ》っている。

ブランカよりも頭一つ分高い長身で、ボロボロの白外套《しろがいとう》に、黒革《くろかわ》の鎧、腕《うで》には真っ赤な

籠手《こて》という、実に殺伐《さつばつ》とした戦闘衣裳《せんとういしよう》だった。

ずぼっと、地に突き立てた物を引き抜《ぬ》いた。

どうやら、先ほどの音は、その大きな物を、地面に突き刺《さ》した音らしい。

そのまま肩《かた》に担《かつ》いだそれは、いかにも男の戦闘衣裳にそぐわない、巨大《きよだい》な、銀色の——

「シャベルだ」

アリスハートが、ぽかんと呟く。

ぎろっ。男が凄まじい目つきで睨《にら》みつけ、

「無意味な歌で、風を騒《さわ》がせるな」

低い、淡々《たんたん》とした声で、言い放った。

「無意味……？」

アリスハートとブランカが同時に聞き返す。

男が、すっとノヴィアに近寄り、手を伸《の》ばした。ノヴィアが、はっと身をすくませ、

「何をするっ」

咄嗟《とつさ》に、ブランカが剣を抜くが——

男は、剣尖《けんせん》を喉元《のどもと》に突きつけられるのにも動じず、ノヴィアの胸の紋章《もんしよう》を手に取るや、

「〈銀の乙女〉か……未熟者《みじゆくもの》」

静かだが、きわめて鋭《するど》い口調で、言った。

「ちょ……何言ってんだ、このぉ！」

アリスハートが宙で羽を震《ふる》わせて喚《わめ》く。

剣尖が、ぐっと男の喉に食い込んだ。

だが、男は一向に構わぬ様子で、

「憎念《にくしみ》に満ちた魂《たましい》どもが、聖歌の浄めを拒み、堕気《だき》を放って風を呼んでいる——お前は、その歌で、死者の魂を殺すつもりか」

「浄《きよ》めを……拒《こば》む」

思わず、ノヴィアは見えぬ目をみはって、その言葉を繰《く》り返した。

「も、元々死んでんのに、殺すって何さ！」

「綺麗《きれい》な死に方を押しつけることだ」

男が、紋章から手を離《はな》した。

すると今度はノヴィアが、男を追うようにして手をさまよわせ、男の籠手に触《ふ》れていた。

「私に葬法《そうほう》を指導下さる方……願わくば、貴方《あなた》様の位階《いかい》を、お聞かせ下さい……」

男が、すっと身を引いた。ブランカの剣を避《よ》けるとともに、反射的に、ノヴィアの手からも逃《に》げたように見えた。まるで生者に触れるのを拒むように、死者の群を背にし——

「黒印騎士団《シュワルツ・リッター》」

言うや、三人が、一様に愕然《がくぜん》となった。

「黒印の……騎士《きし》様……」

男の籠手に触れるノヴィアの手が、震えた。

ブランカが、剣のやり場に困った顔になる。

「お名前を……お聞かせ下さい」

「ジーク・ヴァールハイト」

「貴方様がここにいらした理由は……？」

「助けを請《こ》われた」

つくづく端的《たんてき》にしか物を言わない。

アリスハートが呆《あき》れて何か言ってやろうとした途端《とたん》、男が、懐《ふところ》から手紙を出してみせた。

手紙の封《ふう》には、ノヴィアの首飾《くびかざ》りの紋章《もんしょう》と同じ、正十字に白薔薇《しろばら》の紋章が記されている。

「戦友、〈銀の乙女《おとめ》〉のフェリシテ・エルダーシャに招かれ、来た」

かくん、とノヴィアの膝《ひざ》から力が抜《ぬ》け、

「ノヴィアっ？」

必死に杖《つえ》にしがみつき、見えぬ目を上げ、かろうじて男の気配《けはい》を察して顔を向ける。

「フェリシテは、私の母です」

その目から、一筋の涙《なみだ》が流れ落ちていった。

「万軍を招く、黒印の騎士……聖印刻まれし銀剣を持ち、手には血の如《ごと》く赤い籠手、背には黒印の紋章、と母から聞いてます」

「け、剣《けん》以外は、合ってるような……」

アリスハートが男を見やって言う。

「お待ちしておりました……」

そこでノヴィアの悲しい微笑《びしょう》が力を失った。

「ノ、ノヴィアっ⁉」

男に、その小さな身を受け止める気は見えなかった。が――、結局、ノヴィアの方から、男の腕《うで》に、倒《たお》れ込むかたちになっていた。

「よほど気を張《は》っていたのでしょう……緊張《きんちょう》が解けて、気を失ったようですね」

男は、撫然《ぶぜん》としてノヴィアの身を支え、

「フェリシテはどこにいる？」

訊《き》くや、ブランカは、ただかぶりを振《ふ》った。

「どういうことだ？」

「御無礼《ごぶれい》、お詫《わ》び申し上げます。ぜひ我らの都市《まち》に来て下さい……全《すべ》てをお話しします」

ルールドの都市は、万病を癒《いや》し、堕気《だき》を払《はら》う聖石の発掘場《はっくつば》として発展《はってん》した、鉱山《こうざん》都市である――とブランカは言った。

年に何度か聖法庁にも石を献上《けんじょう》するほどで、地方の小都市には珍《めずら》しいほどの繁栄《はんえい》を見せた。蛮族《ばんぞく》の襲撃《しゅうげき》もあって、辺境騎士《へんきょうきし》団《だん》が防備《ぼうび》に当たっており、その指揮は〈銀の乙女《おとめ》〉から派遣《はけん》される優秀《ゆうしゅう》な人材が担《にな》っていたが……

「その人材こそ、〈見守る者《エルダーシャ》〉こと、万里眼《ばんりがん》の使い手、フェリシテだったのだ」

そう告げるルールドの老市長以外に、今、市庁舎《しちょうしゃ》の一室で、各ギルド長、辺境騎士団の中隊長達、総隊長たる聖騎士ブランカらが、円形のテーブルを囲《かこ》み、ジークを迎《むか》えている。

「フェリシテは、その万里眼で、遥《はる》か彼方《かなた》の敵を透視《とうし》し、誰《だれ》にも真似《まね》の出来ぬ用兵術《ようへいじゅつ》で、数々の敵を撃退《げきたい》してきたのだ」

「フェリシテの万里眼の怖《こわ》さは知っている」

鋭《するど》く、低い声で、ジークが言った。

「なぜ、死んだ」

「あれは、ひどい戦いだった……」

鉱山が襲撃されたという報を受け、辺境騎士団を率いて駆《か》けつけたフェリシテらを、なんと、千の兵団が包囲《ほうい》、一挙殲滅《いっきょせんめつ》したという。

「蛮族が、〈見守る者《エルダーシャ》〉を包囲した？」

「違《ちが》うのだ！　襲いかかってきたのは、れ、い、い、っきとした騎士団だったのだ！」

市長が狂《くる》ったように叫《さけ》び声を上げ、その場に居る者達が一斉《いっせい》に無念《むねん》の声を上げた。

「辺境騎士団の大半が敵に回り、他領土からも呼応《こおう》する者どもが続々集まってきとるっ」

「もはや、市民全員が一丸となって戦う以外、なすすべとてなく……っ！」

その騒《さわ》ぎを、ジークは冷然《れいぜん》と眺《なが》め、

「なぜ、辺境騎士団が、急に謀叛《むほん》した？」

「あの男が、呼びかけたのですよ」

ブランカが、重々しい声音《こわね》で、返した。

「聖法庁に離反《りはん》し独自《どくじ》の勢力を築《きず》く男……」

ジークが、鋭くブランカを見た。

「辺境騎士団が、あ、い、つに呼応《こおう》したか」

「知っているのだね……ヴィクトール・ドラクロワ卿《きょう》を」

ジークはうなずいただけで何も言わなかった。代わりに、テーブルの面々を静かに見回し、状況《じょうきょう》を理解したことを示した。即《すなわ》ち、離反騎士団《きしだん》が、この都市を拠点《きょてん》とすべく続々と集結中——逃《に》げ場もなく、聖法庁の応援《おうえん》も間に合わない。完全な孤立無援《こりつむえん》の状況であった。

騒ぎが収まり、みなが暗い顔で黙《だま》り込む中、市長が一抹《いちまつ》の希望を込めて身を乗り出した。

「フェリシテの万里眼の力を受け継《つ》いだノヴィアは、あの通り、突然《とつぜん》、目が見えなくなってしまった……力を受け継ぐには、幼《おさな》すぎたのだ。だから、もはや我らの頼《たの》みの綱《つな》は、ノヴィアが言う、黒印騎士団《シュヴァルツ・リッター》だけ……」

「黒印騎士団は、そう容易《たやす》く動かん」

「そ、それは……」

「だから、俺《おれ》一人、来た」

「ひ、一人？　あ、いや、黒印の騎士は一人一人が万軍に匹敵《ひってき》する力を持つと聞くが」

「確かに、俺は、常に万軍が相手だ」

担《かつ》いだシャベルを、くるりと回し、その歯に刻まれた聖法庁直下を示す刻印を示した。

「俺は今まで、こいつで、数万の兵をあの世に送ってきた」

おおおっ……部屋に、どよめきが走った。

「ただ埋《う》めたのではなく、相手の流儀《りゅうぎ》や宗派《しゅうは》に合わせ、工夫《くふう》してきた」

ほおお……と感嘆《かんたん》の声が上がる一方、埋める？　と小首を傾《かし》げる者がいる。

「黒印の葬士として、混乱する戦場で出来る限り礼儀《れいぎ》を尽《つ》くし、お悔《く》やみを行い――」

「あー、ジーク……さん」

市長が、遠慮《えんりょ》がちにジークを遮《さえぎ》る。

「その、葬士《そうし》とは、いったい……」

「葬士とは、文字通り、人を葬る騎士だ」

「はあ……？」

「戦いで大勢死ねば、誰もが、つい無駄《むだ》死にではないかと考えてしまう。その前に死者を葬《ほうむ》り、みな立派に死んだ、自分も頑張《がんば》ろうと兵に思わせるには、熟練《じゅくれん》した葬士が必要だ」

「つ、つまり、貴方《あなた》の職業は……」

恐《おそ》る恐る訊《き》く市長に、ジークがぼそっと、

「墓掘《はかほ》りだ」

その一言で、何人かが、失神《しっしん》して倒《たお》れた。

「な、な、墓掘り……？　フェ、フェリシテは、わ、我々にも、死ねと言うのか……？」

「このことは他言《たごん》せぬように！」

市長の嘆《なげ》きを押《お》しのけ、ブランカが叫《さけ》ぶ。

「市民は、援軍《えんぐん》が来るという希望のもと団結しているのだ！　軍団ではなく墓掘りが来たなどと知れては決戦どころではない。特に——ノヴィアには、言うな……不憫《ふびん》すぎる」

一同、呆然《ぼうぜん》としながら、うなずいた。

「では、仕事にかかろう」

「仕事……？」

「来る途中《とちゆう》の草原で、死者の群を見た」

ブランカが額《ひたい》に手を当て、自嘲気味《じちようぎみ》に返す。

「……三日後、敵が集結する前にこちらから討《う》って出る予定だ。その前に、彼らが立派に死んだと、我々に思わせてくれ。ただし、君が黒印の騎士《きし》であることは他言無用だ」

「分かった。報酬《ほうしゆう》は後払《あとばら》いで良い」

「か……金を要求するのか？」

驚《おどろ》くブランカに、ジークは淡々《たんたん》とうなずき、

「討って出た後の分は、サービスしておく」

それを最後に、部屋を出ていった。

みな、呆気《あつけ》に取られて言葉もなかった。

ごばあっ。ジークのひと掘りで恐るべき量の土砂《どしや》が宙を舞《ま》い、また一人、埋《う》められた。

かと思うと、丁寧《ていねい》に、一つ一つ違《ちが》う弔《とむら》いの句を上げる。どこから用意したのか、無数の墓碑《ぼひ》が、見る間に草原に並びゆく。しかも全部きちんと、故人《こじん》の名が刻《きざ》まれているのだった。

そのジークからやや離《はな》れた木陰《こかげ》に、杖《つえ》と籠《かご》を手にしたノヴィアが、隠《かく》れるようにして、

「ジ、ジーク様っ、お、お昼にしてっ……あ、あのっ、私、お昼をご用意して……」

懸命《けんめい》に町への標識《ひょうしき》に声をかけている様子に、

「ノヴィアぁ、それあの男と違うー」

アリスハートが、呆《あき》れ返って言う。

「いつまでやってんのよ。本当は朝ご飯用意したのに、そんな調子で昼になっちゃって」

「だ、だって、まず練習してから……」

「そこで何をしている」

「きゃあっ!?」

ぬっと現れたジークに、跳《と》び上《あ》がらんばかりに驚いて悲鳴《ひめい》を上げるノヴィアであったが、

「あ……あのっ！」

咄嗟《とっさ》に声の主を察し、相手の方を振《ふ》り向くや、手にした籠を突《つ》き出し、一息に言った。

「お昼のジーク様も少しお休みになって私をご用意しませんかっ！」

「ちょ、ちょっとノヴィア、意味不明すぎ」

ジークは、突き出された籠を、しばらく無言で見つめていたが——。やがて、ぼそっと、

「食べ物か」

感謝《かんしゃ》もせず、籠の中に手を突っ込んだ。だが中身を手に取り、ふと、眉《まゆ》をひそめて、

「食べ物……か？」

得体《えたい》の知れない形状をしたものを見つめた。

ごてごてした青色のような緑色のような塊《かたまり》の、触《さわ》った感じはどうやら元はパイ生地《きじ》らしい物の匂《にお》いを、神妙《しんみょう》な顔で、嗅《か》いでいる。

「ノヴィアの趣味《しゅみ》は料理なのっ。まだ誰も食べようとしたことは無いけどねっ」

と、宙を舞うアリスハートがけらけら笑う。

「い、い、一生懸命《けんめい》にアリスハートの手も借りるほど忙《いそが》しく作りましたっ」

「あたしや猫《ねこ》かっ。つーかノヴィア、変」

ふむ、とジークが呟《つぶや》き、ばくりと食った。

うげっ、と声を上げたのはアリスハートの方だった。そのまま、ばくばく食らい尽《つ》くす。

「あのっ、お茶もありますっ」

差し出されるままに、どす黒い液体を飲み干し、更《さら》に籠の中の赤やら縁やら、何とも言えぬ色と形をした物を食いまくる様子を、

(まるで野良犬《のらいぬ》だぁ……)

アリスハートが唖然《あぜん》と見つめている。

黙々《もくもく》と食うジークの前で、もじもじと真っ赤になるノヴィアにも、深々と溜息《ためいき》が出た。

先日、意識を取り戻《もど》して以来、完全にこの土饅頭《どまんじゅう》屋の男にのぼせるノヴィアなのである。

(雛鳥《ひよこ》の刷《す》り込みみたいなもんかねぇ)

卵から孵《かえ》った雛鳥《ひなどり》が、条件に適合《てきごう》した物を親だと思いこむ習性《しゅうせい》のことである。思い込みとも言う。それまでは偉大《いだい》な母が対象だったが、死んでしまったため、母の遺言《ゆいごん》にその思いを寄せ、そしてこの男に行き着いたわけだ。

(よりにもよって、こんな男にねぇ……あたしだったら、断然《だんぜん》、ブランカ様だけどさぁ)

ブランカの肩《かた》に座《すわ》る自分を想像してきゃーきゃー笑う、――と、ジークと目が合った。

「おい、チビ」

「チ、チビと違《ちが》うっ、小さいだけだいっ!」

「お前も食ってみろ」

咄嗟《とっさ》に逃《に》げる間もなかった。口の中に、どどめ色をした物体をひょいと放《ほう》り込まれた。

ぎょっと目を見開くアリスハートは、ふと、また違う理由で、目をまん丸にみはった。

とてつもなく上等なチェリーパイの味が、口いっぱいに広がった。味どころか香《かお》りも抜《ばっ》群《ぐん》だった。信じられなかった。

「見た目を問題にする者は、真実《しんじつ》を逃《のが》すぞ」

何ともあっさりとしたジークの言いざまだった。もっと分けてくれるのかと思ってたら、
ぽんと全部自分の口に放り込んでしまった。

「美味《うま》かった」

ぱっとノヴィアの顔が輝《かがや》いた。

「ついて来い」

「え……？」

「飯代だ。葬法《そうほう》を教えてやる」

「あ、あの……」

「朝から俺を見てたのはそのためだろう？」

知っていたのか、とは言わなかった。咄嗟にうなずいた。心臓がどきどき鳴るのがアリスハートにも聞こえそうだった。

「そいつはガリア派だ。両腕《りょううで》に赤い布を巻いていた。聖典の黎泰《れいたい》記篇《へん》は暗唱《あんしょう》しているか」

「はいっ。聖典は、母が毎晩……」

「ロスコの『死を甘《あま》んじ受くる祈《いのり》』だ」

ノヴィアが慌《あわ》てて、墓前に祈りを捧《ささ》げる。

「右にある奴《やつ》はハナ派だ。大十字を二回、小十字を四回切り、浄歌《じょうか》の第二篇で慰《なぐさ》めろ」

そんな風にノヴィアに指示を飛ばし、ジーク自身は土を掘《ほ》り続ける。その二人の間で、アリスハートがつまらなさそうに浮《う》いていた。

「ノヴィア」

「は、はいっ」

名前を呼ばれただけで真っ赤になった。

「そこから右は、お前には無理だ。一歩左に寄れ。そう。その列を頼《たの》む。宗派《しゅうは》は――」

初対面でいきなり葬法を叱《しか》られたノヴィアは、内心、いつ未熟《みじゅく》さを叱り飛ばされるかと怖《こわ》がってもいた。が――ジークは、決して無意味には怒《おこ》らなかった。冷厳《れいげん》とはしていたが、指示する声も穏《おだ》やかで、死者に対するジークの優《やさ》しさのようなものさえ感じるのだった。

「ノヴィアぁ、あたし少し遊んで来るー」

退屈《たいくつ》しきってアリスハートが飛び去るのも気にせず、懸命《けんめい》に作業を続けるノヴィアへ、

「お前も、少し休め」

ろくに目も向けていないのに、正確にノヴィアの疲労《ひろう》を見抜《みぬ》いたようにジークが命じる。

素直《すなお》にその場に座《すわ》り込むノヴィアへ、

「当分、お前の目は開きそうにないか」

ぽつっとジークが言った。質問というより独り言に近い。ノヴィアの目が丸くなった。

「見えすぎることのショックで、逆に心が目を塞《ふさ》いだのかもしれん。——辛《つら》いか？」

「い、いえ、私にはアリスハートが……」

「あのチビがいるか。それとも、こんな世の中、見たい物など、無いか」

「私……」

「見ることは戦うことだ。この世に大切な物が無くなった者から戦いの場を退《しりぞ》いていく」

その厳しい口調に、思わずノヴィアが花の萎《しお》れるように項垂《うなだ》れる。——と、

「それも、良いんじゃないか」

「え……？」

「見えないのは怖い。俺だって怖い。その怖さに耐《た》えてまで目を塞ぐのも一つの勇気だ」

「勇……気」

「いつかまた大切な物、見たい物が見つかるまで、目を塞いで生きるのも良い」

ノヴィアが、ぶるっと震《ふる》えた。顔を伏《ふ》せたまま、気づけば、目が勝手に涙《なみだ》を流していた。

「大切な物……。私には何も無いです……」

嗚咽《おえつ》の合間に、押《お》し殺したように言う。

「貴方様《あなたさま》には、あるのですか……」

ジークは答えず、ふと土を掘《ほ》る手を止めた。

「風が、熄《や》んだな」

はっと、ノヴィアが顔を上げた。

ジークの言う通り、あれほどまでに荒《あ》れ狂《くる》っていた風が、ぴたりとおさまっている。

ふと、差し込む陽光《ようこう》の暖かさを膝《ひざ》に感じるや、唐突《とうとつ》に、大勢の人に感謝された時のような気持ちが湧《わ》いていた。

いや——実際に、そうなのだ。それは、死者が永遠の眠《ねむ》りにつき、魂《たましい》が天への旅に発《た》った時の、安寧《あんねい》と感謝の念《ねん》に他《ほか》ならなかった。

今や草原全体が無限《むげん》の優《やさ》しさに満ちていた。これが、ジークにとっての大切な物だろうか、と咄嗟《とっさ》に思った。その途端《とたん》——

「ジーク様……ありがとうございます」

勝手に、そんな言葉が口をついて出ていた。まるで葬《ほうむ》られた死者達が、自分を通して、ジークに感謝の気持ちを告げているようだった。

「まだ、早い」

だがジークは、ぼつりと返し、言った。

「まだ、最後の大仕事が、残っている」

「手はずは、整《ととの》ったな？」

ブランカの言に、部下達がうなずき返す。

「黒印騎士団《シュワルツ・リッター》とやらを警戒《けいかい》したせいで、だいぶ遅《おく》れたが、ようやく市民を皆殺《みなごろ》しにし、都《ま》市《ち》をドラクロワ卿《きょう》に献上《けんじょう》出来るな……」

それを木陰《こかげ》で聞いたアリスハートは、全身が凍《こお》りついたようになった。いつもノヴィアと散歩《さんぽ》する道をふわふわ飛んでいたら、遠目に麗《うるわ》しのブランカ様の姿を見かけ、夢中になってすっ飛んで行った――その矢先《やさき》だった。

「さて……いよいよドラクロワ卿の下《もと》に馳《は》せ参《さん》じ、我らを辺境送りなどにした忌々《いまいま》しい聖法庁に、目に物見せてくれようか……」

「では、決戦を待たずに全軍で……」

「いや慌《あわ》てる事はない。折角《せっかく》、あの男に、先の戦いの死者を埋《う》めさせているのだ。あの四方八方から嬲《なぶ》り殺《ころ》した死体を、見る者が見ればすぐに怪《あや》しむだろうが……墓掘《はかほ》りが埋めてくれるお陰《かげ》で、誰も我らの謀叛《むほん》に気づかん」

「とんだ埋め合わせですな」

部下の一言で全員が笑った。アリスハートの嫌《きら》いな、陰湿《いんしつ》な悪意《あくい》のたっぷりふくまれた笑いだった。特にブランカの笑う顔は信じられなかった。あの麗しさが消え果て、醜悪《しゅうあく》な毒トカゲ《バシリスク》みたいな顔で笑っていた。

「それに、奇襲《きしゅう》は、私の美学《びがく》に反する」

「美学……ですか？」

「貴様ら、絶望《ぜつぼう》の黄金律《おうごんりつ》を知っているか？」

さあ……と皆、首を傾《かし》げる。

「知らんのも無理はない。私が作ったのだ」

それじゃなぁ、と皆、苦笑いを浮《う》かべる。

「人間を刺《さ》し殺す最高の刃《やいば》は、剣《けん》ではない。絶望だ。私は、その絶望を長年研究してきた。そしてついに、一つの美学を、極《きわ》めたのだ」

ははぁ、と皆でかしこまる。

「人間は十三・五対一の時に最も絶望する。強力な武器などではなく数こそ絶望なのだ」

「あの、なんで小数点がつくんですか」

「十四人もいたら、けっこう重なってて見えないだろう。それ以上いても、認識《にんしき》出来ん」

ああ、まあね、そうか、と皆で納得《なっとく》する。

「そんなわけで、都市の人口に対し、ちょうど十三・五対一になるよう策《さく》を練ったのだ」

そこでふと、指を立て、にたりと笑うと、

「待て待て、更《さら》に絶望の策を思いついた」

アリスハートが慌てて飛び立つのも知らず、ブランカは部下達に何事か囁《ささや》いている。


「だから、墓作ってる場合じゃないって！」

矢のように飛んできて、ノヴィアに事の次第《しだい》を告げたアリスハートが、じりじりして叫《さけ》ぶが——ノヴィアは、遠目で土を掘るジークに見えぬ目を向けたまま、動じた風もない。

「大丈夫《だいじょうぶ》。私達には、ジーク様がいるわ」

「あんな墓掘りに、何が出来るのよぉっ。あのシャベルで戦うってのぉ？　墓作ってて自分たちが墓に直行《ちょっこう》なんて、笑えなさすぎっ」

「それ、面白《おもしろ》ーい」

「面白くなーいぃっ」

だがノヴィアは静かに微笑《わら》って、言った。

「もう、どうせ逃《に》げられないわ。私が感じた軍勢《ぐんぜい》は、つまりブランカさんの軍勢ってことだもの。この都市はもう、囲まれてるわ」

「そんな……」

「信じるしかないわ、黒印騎士団《シュワルツ・リッター》を。もし、私が死んだら、貴女《あなた》が私のお墓を作ってね。貴女だったら、空を飛んで逃げられるから」

アリスハートは言葉も無くぶんぶんかぶりを振《ふ》った。大粒《おおつぶ》の涙《なみだ》がぼろぼろ零《こぼ》れて飛んだ。


決戦の日——それは異常な光景を生んだ。

震《ふる》えながら剣《けん》を手に、子供をふくめた総勢千人弱の老若男女《ろうにゃくなんにょ》が、ぞろぞろと都市を出て、決死《けっし》の行軍に駆《か》り出されてゆくのだ。うち、戦闘経験者《せんとうけいけんしゃ》は実に百人足らず。

「絶望を絵に描いたような行列だな」

シャベルを手に、戦死者を埋《う》めるという目的で行軍に加わるジークが、冷然《れいぜん》と呟《つぶや》く。

「大丈夫ですよね……ジーク様」

ノヴィアが思わずぎゅっとジークの外套《がいとう》の裾《すそ》をつかんだ。手が震えている。

「心配するな。埋葬《まいそう》の計画は立っている」

「ああ、不安で死にそうだよぉ」

アリスハートが喚《わめ》いた。そのとき、先頭が山間《やまあい》を越《こ》えた。敵軍の駐屯地《ちゅうとんち》を発見したらしい。わああっ。叫《さけ》びがほうぼうで起こる。戦術も何も無い。手にした武器を振り回しながら、獣《けもの》のように敵の幕舎《テント》に雪崩《なだ》れ込《こ》んだ。

「こう簡単に間隙《かんげき》を突《つ》けるわけが――」

ジークが呟く。どよめきが静まり、武装した市民達が、空《から》の陣営《じんえい》をうろうろしている。人っ子一人いない。痛いほどの沈黙《ちんもく》が降りた。

ジークが、ちらりと周囲の地形を見やった。

「東だな。太陽を背に来るぞ」

ずん！　統率《とうそつ》された行進に特徴的《とくちょうてき》な、地鳴りの音が響《ひび》いた。それが、開けた地形の向こうから、続々と轟《とどろ》いてくるのだ。

あ……と、誰かがうっかり嘆息《たんそく》を漏《も》らした。文字通り気の抜《ぬ》ける声だった。本当の兵士だったら既《すで》に部隊長に首を切られている。それほど、周囲の士気《しき》を削《そ》ぐ声なのである。

瞬《また》く間に、眼前をずらりと騎馬団《きばだん》が並んだ。美しいまでに揃《そろ》えた鉄槍《てつやり》の尖端《せんたん》が、市民達を半円状に囲み、その左右後背で重装歩兵《じゅうそうほへい》が隊列を整え、手に手に剣と盾《たて》を構えてみせる。

総数ほぼ千。数の上では互角《ごかく》だが――

軍勢と軍勢同士の、奇妙《きみょう》な対峙《たいじ》の空白が過ぎていった。胃の痛くなるような沈黙だった。

「あれはっ！」

突然《とつぜん》、市民が叫んだ。次々と皆《みな》が山間を指さすや、その先に、なんと黒印の紋章《もんしょう》をはためかせる旗が、一斉《いっせい》に揚《あ》がったではないか。

赤籠手《あかごて》をはめた手に、銀に輝《かがや》く剣を握《にぎ》り、千、二千と数を増やし、いつの間にか敵兵の左右を数千もの兵が埋《う》め尽《つ》くしてゆく。

「黒印騎士団《シュワルツ・リッター》だ！　聖法庁の軍団だ！」

市民が万呼《ばんこ》の喝采《かっさい》でそれを迎《むか》えた。

「ジーク様……本当に、軍勢が……」

「すす、すごい数だよ。こ、これで……」

ジークは淡々《たんたん》と軍勢の配置を見回し、

「思った通りか――」

素《そ》っ気《け》なく呟《つぶや》いた。

しゅっ。幾《いく》つもの矢が、鋭《するど》く空を切った。

ぽかんとする市民に向けて、黒印の騎士達が、面白《おもしろ》半分に矢を放ったのである。腕《うで》や腹を貫《つらぬ》かれた市民が絶叫《ぜっきょう》を上げた。喝采がぴたりと止《や》んだ。悲鳴と苦痛の声だけが残った。

誰もが呆然《ぼうぜん》と立ち尽くす中――

突然、けたたましい笑い声が上がった。

ブランカが、市民軍と敵軍の間に馬を立たせ、腹を抱《かか》えて笑っているのだ。黒印騎士団《シュワルツ・リッター》も敵軍も、どっと一斉《いっせい》に笑い出している。

「美しいッ！　良いよお前らその顔良いよ。すごく良い。最高だよ。絶望だよ。いやもぉ、わざわざあの娘《むすめ》の言う通り、剣《けん》も鎧《よろい》も仕立てた甲斐《かい》があったよぉ、完璧《かんぺき》だよ、もぉっ」

呆然となる市民に、舌なめずりをしてみせ、

「ざまみろ貴様らっ、今までさんざんこき使いやがってっ。お前らこれからだよ、絶望は情熱《じょうねつ》だよ、心の叫《さけ》びだよ。うん、そうだな、そっちから行こうかなぁ、でもなぁ」

「やっぱ、こうなるんじゃないかぁ」

蛇《へび》が獲物《えもの》を品定めするようなブランカの様子に、アリスハートが泣きじゃくる。

と――ジークがノヴィアの肩《かた》に手を当て、

「ジーク様……？」

「ちょ、ちょっと、あんた……」

驚《おどろ》くノヴィアを押《お》しやって、市民の間をかきわけ、なんと敵軍の前まで出てしまった。

ぴたっとブランカと敵の笑いが止まった。

敵味方全員の視線が、一斉に二人に集まる。

ジークが、冷ややかな声音で言い放った。

「どうだ。皆《みな》、お前の言葉に踊《おど》らされてこうなった。目が見えなくとも気配《けはい》で分かるだろう。よく感じろ、自分が招《まね》いた結果を」

「お、お前ぇっ、そんなこと言うために、ノヴィアをこんな所に連れて来たのかぁっ」

アリスハートが我を忘れてジークの胸元《むなもと》を叩《たた》きまくる――が、それにも構わず、

「特にあのブランカとかいう馬鹿《ばか》が傑作《けっさく》だ」

淡々としたその一言で、みな唖然《あぜん》となり、

「はい」

はっきりとしたノヴィアの同意の声に、更《さら》に、敵味方の全員が、ぎょっとなった。

「お前の母親が、万一の時のために俺に託《たく》した策《さく》だったが、実際に使うことになるとは、思わなかった」

「はい」

「母親の言いつけ通り、ちゃんと黒印騎士団《シュワルツ・リッター》が人間の軍団だという噂《うわさ》を流してくれたな」

「はい」

「後は、俺がやる」

はい、と返すノヴィアの目に、涙《なみだ》が溢《あふ》れた。

「え？　ちょっと、何なの、いったい」

「何だ、貴様、墓掘《はかほ》り風情《ふぜい》が……」

アリスハートとブランカが同時に疑問の声を上げるのへ――

どんっ！　と凄《すさ》まじい音を立ててシャベルを突《つ》き立てた。しん、と静まりかえる一帯に、ジークの静かな声が殷々《いんいん》と響《ひび》き渡《わた》る。

「貴様らのような騎士《きし》の栄誉《えいよ》を汚《けが》す輩《やから》を一騎残さず闇に葬るには、色々と策も必要でな」

かちり。シャベルの柄《え》が回った。引き抜《ぬ》くや、歯だけが地面に残り、代わりに銀に光る鞘《さや》が現れた。その鞘を右手で握《にぎ》りしめ――

「黒印の騎士の剣《けん》は、聖咎の剣《インドルガンツィア》と言う。聖法庁に害なす者は独断《どくだん》で殺して良い、それは聖なる罪だ、という殺人許可証だ。そんな剣を、剝《む》き出《だ》しで持ち歩く馬鹿がいるか」

抜き放った。なんとシャベルから、聖印を刻まれた鋭《するど》くも妖《あや》しい剣が一瞬《いっしゅん》で現れていた。

「黒印騎士団《シュワルツ・リッター》――亡《な》き戦友の招きにより、ルールドの市民に、助勢《じょせい》する」

ぶふっ。静寂《せいじゃく》に笑い声が飛んだ。ブランカを筆頭《ひっとう》に、万軍の敵兵が一斉《いっせい》に爆笑《ばくしょう》を上げた。

「面白《おもしろ》すぎる。貴様が我々をここに集めさせただと？　この数の兵に、墓掘り一人で？」

笑いさんざめく最中《さなか》、むしろ冷淡《れいたん》に、

「ノヴィア、その妖精《チビ》と一緒《いっしょ》に、市民を安全な場所に誘導《ゆうどう》しろ」

そう命じ、悠然《ゆうぜん》と立ちはだかるジークに、敵陣《てきじん》が思わず笑いをのみ込んだ。

ジークが、言った。

「俺が、軍団《レギオン》だ」

ブランカの顔から表情が消えた。手を挙げ、全軍に見せつける。

「馬鹿が……せいぜい美しく皆殺しになれ」

同時にジークもまた右手の剣を下ろし、すっと何も持たぬ左手を高く掲《かか》げている。

そして、ブランカが文字通り手を下す刹那《せつな》、

「ジーク・ヴァールハイトが招く！」

叫《さけ》びを上げるや、その左手に白く眩《まばゆ》い電光《でんこう》が走った、愕然《がくぜん》となる敵陣の眼前で、雷花《らいか》の咲《さ》き乱れる手を振《ふ》りかざし――激しく地面に叩《たた》きつけた。

するとにわかに地中から青白い稲妻《いなずま》が幾《いく》つも迸《ほとばし》り、ついで颶風《ぐふう》が吹《ふ》き荒《あ》れたではないか。

ブランカを筆頭に、敵軍が一斉に慌《あわ》てふためいて頭を抱《かか》え、咄嗟《とっさ》に身を伏《ふ》せた。

一拍《いっぱく》の間が空いた。――何も起こらない。

全軍が恐《おそ》る恐る顔を上げた。あるのは、地面でぱちぱち爆《は》ぜる、雷花の名残《なごり》ばかり。

「み、見かけ倒《だお》しも、ほどほどにしろっ！」

ブランカが喚《わめ》いた。そのときである。

ずん！

一糸乱れぬ足音が、地響《じひび》きを沸《わ》かして左右後背から怒濤《どとう》のように押《お》し寄せてきた。

ずん！

市民達が真っ先にその姿を目にし、悲鳴を上げて我先にと逃《に》げ出してゆく。

「非業《ひごう》の魂《たましい》ども！　土刻星《サターヌス》の連なりの下《もと》、剛魔《ごうま》ダゴンとなりて我《わ》が敵の前に立て！」

続々と歩み来るそれは、実に、無数の汚《きたな》い鉄の塊《かたまり》であった。一見、重装歩兵に見えたが、頭が無い。首から直接、獣《けもの》の口に似たものが生え、ぞろりと牙《きば》を剝《む》いているのだ。

「蟹座《ムリエル》の陣！」

ジークの言下、数千にものぼる数の怪物《かいぶつ》どもが、一分の遅滞《ちたい》もなく、整然と三個の突撃《とつげき》方陣《ほうじん》を整える。かちかちかちかち。一斉に牙を鳴らし、その音が無数に増え、雨のようにざぁあっと響き渡《わた》った。ついで鉄塊《てっかい》の胸元《むなもと》がめきめきと音を立て、錆《さ》びた匂《にお》いをまき散らし、槍《やり》のごとき角を胸に生やし出す。

「貴様らに嬲り殺された者達の魂だ。堕界《だかい》で新たな肉体を得て、復讐《ふくしゅう》に猛《たけ》っているぞ」

「た……た……魂？　復讐？」

「弔い合戦だ。皆殺《みなごろ》しにし——闇《やみ》に葬《ほうむ》れ」

びゅん。ジークの剣《けん》が空を切った。

剛魔《ダゴン》の群が地鳴りを上げて驀進《ばくしん》を開始した。

「う、うぉおおっ？　突撃っ、突撃ーっ！」

慌てて号令を下すブランカに応じ、俄然《がぜん》、雄叫《おたけ》びを上げて騎士団《きしだん》が槍を構え、突進する。

瞬《また》く間に正面から激突した。剣、鉄が打ち鳴らされ、肉が砕《くだ》け、血がしぶいた。

兵力と兵力の真っ向からのぶつかり合い――いわゆる全軍の消耗戦《しょうもうせん》である。その様は、高台に避難《ひなん》する市民達の目に、互《たが》いにぶつかりあって飛沫《しぶき》を上げる、二つの巨大《きょだい》な波濤《はとう》そのものに映るのだった。

「ノ、ノヴィアぁ……何あの化け物ぉぉ」

がたがた震《ふる》えるアリスハートを胸に抱《だ》きながら、ノヴィアもまた凄《すさ》まじい戦闘《せんとう》の気配に顔を青ざめさせつつ、答えて言った。

「堕界に堕《お》ちた魂達よ……憎しみに汚れ、殺戮《さつりく》でしか鎮魂《ちんこん》のかなわない、悲しい魂……」

「あの男が死人を埋《う》めてたのは、このためだったの？　し、死人を、あんな姿に……」

「違《ちが》うわ。死者の魂が、それを望むんだって母さんが言ってた……。あの男《ひと》は、堕界の魂を招く、〈招く者《レギオン》〉……たった一人の、軍団《レギオン》」

凄まじい鉄と血飛沫の嵐《あらし》の中、一人、ジークが静かに佇《たたず》み、鋭《するど》い目を凝《こ》らしている。

やがて、その目に何かを見定めたのか、

「居たな。――どうする、お前達」

周囲で円陣《えんじん》を組む剛魔《ダゴン》どもに、声をかける。

途端《とたん》、剛魔どもが一斉《いっせい》に牙《きば》を剝《む》き、ごうごうと何かを喚《わめ》き立てた。

「それが、お前達の――唯一《ゆいいつ》の、弔《とむら》いか」

同じ頃《ころ》、徐々《じょじょ》にブランカの言う絶望が広がり始めていた。動く鉄塊《てっかい》を突《つ》き倒《たお》し、仕留《しと》めたかに見えた瞬間《しゅんかん》、鉄が割れ、更《さら》に幾《いく》つもの剛魔が現れるのである。やがてその数はブランカのいう黄金律に着々と近づくのだった。

一方、もはや言葉にもならぬ絶叫《ぜっきょう》を上げて馬を駆《か》るブランカは、次々と側近を失い、やがてただ一騎となったところを四方から剛魔どもの角に襲《おそ》われた。瞬《また》く間に馬を串刺《くしざ》しにされ、貪《むさぼ》り食われる。間一髪《かんいっぱつ》、地面に転がり落ち、慌《あわ》てて這《は》うようにして逃《に》げるが――

その進路を魔兵《まへい》に塞《ふさ》がれ、ブランカが振《ふ》り返った時には周囲をぐるりと取り囲まれている。震える手に剣を握《にぎ》りしめ、左右を見回すが、一向に襲って来ない。まるで、誰かを待つように、じっと円陣を組み、佇んでいる。

間もなく、魔兵どもの円陣の一角が開き、剣を手にしたジークが現れた。

「最後は自分の手で、というわけかっ」

ブランカが血走った目を剝き、吠《ほ》えた。

「彼らが、それを望むんでな……」

ジークが言う。そのとき、戦慄《わなな》くブランカの視線が、はっとジークの左手に注がれた。

血だ。雷花《らいか》を帯《お》びるジークの左腕《ひだりうで》が、籠手《こて》の下で著《いちじる》しく出血しているのだ。

「……これか？　魔兵を招いている間は、左腕が使えなくてな……」

ブランカの顔が、みるみる喜悦《きえつ》に染まった。

「化け物を操《あやつ》る代わりに……貴様自身も、化け物の望みを無視出来ない、というわけか」

答えぬジークに、舌なめずりをして言った。

「貴様を消せば、この化け物どもも消えると見た。馬鹿《ばか》な市民どもめ。死んで化け物の体を貰《もら》ったところで、愚鈍《ぐどん》の兵であることは変わらんな。最後の最後で一騎打《いっきう》ちなど甘《あま》すぎる。所詮《しょせん》、戦場では兵の数こそ真理《しんり》だ」

「彼らは、俺を信じてくれている」

それが、ジークの答えだった。

「馬鹿が、その腕で私に勝てるものか！」

叫《さけ》ぶや、両手で大振りの剣《けん》を握りしめ、猛然《もうぜん》と間合いを詰《つ》めた。びゅっと空を裂《さ》き、刃《やいば》を捻《うな》らせ、負傷したジークの左手側の下方から、鋭《するど》く斬《き》り込んでくる。

ジークにこれを躱《かわ》す余裕《よゆう》は無く、不自然な体勢で剣を受ける他《ほか》ない。だがジークは、すっと剣で撫《な》でるように相手の刃を摺《す》り上げ、火花を散らすや、するりと、全く自然な動きで二人の位置を入れ替《か》えていた。ブランカは勢い余って二、三歩進み、慌てて振り返った。転瞬《てんしゅん》、ブランカが見たこともない迅《はや》さの剣撃《けんげき》が送り込まれてくる。ぎょっとなってそれを打ち払《はら》うが、あまりの衝撃《しょうげき》に両腕に痺《しび》れが走り、危《あや》うく剣を落としかけたほどだった。

すかさずジークが攻勢《こうせい》に転じ、ブランカはその剣をかろうじて受けながら愕然《がくぜん》となった。明らかに右手のみで振るうことを前提とした剣技なのだ。しかも両手で柄《つか》を握るのと違《ちが》い、刃の届く範囲《はんい》は格段に広い。

左手は死者のために血を流し、右手にその死者の願いをもって剣を振るうジークの姿を、今や、何百何千もの魔兵が——そして市民が、じっと見守っている。

「き、貴様さえ、貴様さえ来なければ！」

ブランカの絶叫《ぜっきょう》が上がり、その声もろとも、ついにジークの剣がその首を刎《は》ねた。宙を舞《ま》うブランカの首が、魔兵の群の中に落ちる。

魔兵どもが、一斉《いっせい》に轟々《ごうごう》たる咆吼《ほうこう》を上げた。

と——次々に魔兵が形を失い、がしゃがしゃとやけに呆気《あっけ》ない音を立てて崩《くず》れ落ちていった。戦場に、もはや人の姿はない。累々《るいるい》たる戦死者の上で、魔兵どもが、どろりとした黒い液体をまき散らしながら頽《くずお》れてゆく。

やがて――ふわり、と倒《たお》れた鉄塊《てっかい》から、微光《びこう》が昇《のぼ》った。瞬《また》く間にその光の数が増え、やがて空一面、無数の光が天に昇りゆく中――

「案外、残ったな」

ジークの足下《あしもと》では、黒い液体がずるずると集まり、ジークの影《かげ》を更《さら》に黒々と染めてゆく。

「いいさ。いずれ俺も、お前達と一緒《いっしょ》に、あいつの足下に沈《しず》むか、それとも――」

目を細め、囁《ささや》くようにその名を口にした。

「ドラクロワ……」

「綺麗《きれい》だよ、ノヴィアぁ……魂《たましい》が、お空に還《かえ》っていくよぉ」

アリスハートが、天を眺《なが》めて言った。光は、それを見守る市民達にも、何の説明も無いままに深い悲しみと安堵《あんど》とをもたらしていた。

「見たいな……」

ぽつりと、ノヴィアが言った。

見えぬ目をみはって、地上の惨劇《さんげき》に一人立つ男の、その静かな気配を遠くに感じながら、

「私も、見てみたいな……」

小さな声で、呟《つぶや》いていた。

第二話　ギュンターツィヒの森

青空の広がる昼下がり――大勢《おおぜい》の人が行き交《か》う街の入り口に、一人の男が、肩《かた》に大きな物を担《かつ》ぎ、静かな足取りで差《さ》し掛《か》かったとき、

「ジーク様、お願《ねが》いします！」

凛《りん》とした呼び声が、男の足を止めていた。

声の主は、男の背丈《せたけ》の半分にも満《み》たなさそうな、小柄《こがら》な少女である。

溌剌《はつらつ》と栗色《くりいろ》の髪《かみ》を束《たば》ね上げ、青い法衣に旅装《りょそう》を帯《お》び、胸《むね》には、聖性《せいせい》を力とする、〈銀の乙女《おとめ》〉の紋章《もんしょう》を飾《かざ》っている。

「私を……私を、従士《じゅうし》にして下さい！」

手には、盲目《もうもく》であることを示す、白木《しらき》の杖《つえ》を握《にぎ》りしめている。物を見る力を失った、淡《あわ》い紫《むらさき》の目を虚空《こくう》に泳がせ、必死に気配《けはい》を探《さぐ》り、男の居所《いどころ》を測ろうとしていた。

そのような状態で、そもそも、どうやって、相手の存在を確かめられたかと言えば――

「ちょっとっ、さっきから呼んでんだから、少しは返事するとかしなさいよぉ、もぉっ」

少女の肩先《かたさき》で、喚《わめ》くものがあった。

掌《てのひら》ほどの大きさの、女性形をした妖精《ファアー》である。金髪金瞳《きんぱつきんどう》、白いシルクのドレスをまとい、その背で震《ふる》える羽の翅脈《しみゃく》も、金に輝《かがや》いている。

この妖精が、少女の目となって、少女の道行きを、助けているというわけなのだった。

だが男は、杖を突《つ》いて近寄る少女に、その必死さを認《みと》めてやるようなことは何も言わず、

「こんなところで、何をしている」

撫然《ぶぜん》と、言い放ったものだ。

「あんたを追っかけて来たんじゃないかっ」

妖精が、少女の代わりに、喚き散らす。

「ずーっと声をかけてるのに黙《だま》ったっきりすたすた歩いてくなんてっ。ノヴィアの目が見えないの知ってんでしょっ、少しは……」

「良いのよ、アリスハート。ありがとう」

少女は、宥《なだ》めるように妖精を撫《な》で、

「ジーク様。私を、貴方《あなた》の従士に……」

言いつのるのへ、男がやおら向き合い、

「ついてくるな」

一言のもと、切り払《はら》った。

さすがに、少女が、息をのんで絶句《ぜっく》する。

「れ、冷血漢《れいけつかん》っ！　ノヴィアがどんな思いでここまで歩いて来たと思ってんだよぉっ」

喚きながら、一向に動じる風もない男を、妖精が、呆《あき》れ返る思いで眺《なが》め返す。しなやかな長身に、裂《さ》け目だらけの白外套《しろがいとう》、黒革《くろかわ》の鎧《よろい》に、頑丈《がんじょう》一点張《ば》りの赤い籠手《こて》。さながら、戦場を渡《わた》り歩く、一匹狼《いっぴきおおかみ》の傭兵《ようへい》といった風情《ふぜい》で、そんな野蛮《やばん》な男、つくづくこの妖精——アリスハートの好みではない。

ただ、その装束《しょうぞく》に似つかわぬ端正《たんせい》な顔立ちをしており、その顔が、燃《も》えるような赤髪《せきはつ》に飾《かざ》られている様など、実に妖《あや》しい魅力《みりょく》がある。

その点はアリスハートも認めるが、だがどうもその目が鋭《するど》すぎる。ちょっと見つめられただけでも、まるで狼に睨《にら》まれるようなのだ。

それに何より、男の担ぐ物が、異様だった。

行き交う人みな例外なく、男の担ぐ巨大《きょだい》な銀色のシャベルに目を奪《うば》われ、笑うとも呆れるともつかぬ顔で、避《さ》けるように去ってゆく。

万人に愛《あい》されるべき可憐《かれん》な妖精としては、そんな男との同行を望む少女の気の方が、だんだんと知れなくなってくるほどだ。

ルールドの戦いから、十日余が経《た》っていた。

男——ジークは、そのシャベルで、敵味方の区別無く戦死者を葬《ほうむ》ることに、七日を費《つい》やした。ノヴィアや市民も、それを手伝った。

当初、葬儀《そうぎ》の報酬《ほうしゅう》を要求《ようきゅう》していたジークだったが、単に、死者を放置《ほうち》したことへのこの男なりの叱責《しっせき》だったらしい。結局、一銭《せん》も受け取らずに、あっさりと都市を出ている。

そのジークの潔然《けつぜん》とした態度も、ノヴィアに決意を固めさせた要因《よういん》の一つだった。ジークを追い、従士にしてもらう——その決断に、市長もみなも驚《おどろ》き慌《あわ》てたが、結局、別れを告《つ》げるノヴィアを、呆然《ぼうぜん》と見送るばかりだった。

行きがけに、母の墓前《ぼぜん》に祈《いの》りを捧《ささ》げ、アリスハートと共に追うこと三日——ついに、ジークに追いついたのであったが……。

「俺《おれ》じゃなく〈銀の乙女《おとめ》〉の者を師《し》にしろ」

その態度は、実に冷然として、にべもなく、

「私、貴方《あなた》の教えを受けたいんです！　貴方の下で修行《しゅぎょう》すれば、きっと、また目が見えるようになると信じてるんです！」

負けじとなおも言いつのるノヴィアの胸中《きょうちゅう》を、言葉にならぬ思いが駆《か》け巡《めぐ》ってゆく。

自分の葬法の誤《あやま》ちをジークに叱《しか》られたことや、それを正したジークのお陰《かげ》で、死者に安寧《あんねい》が訪《おとず》れたこと、そして、そのとき大気に満ちた限りない優《やさ》しさのこと——

なにより、敵に復讐《ふくしゅう》することでしか浄化《じょうか》のかなわなくなった魂《たましい》の群《むれ》を、魔兵《まへい》として率《ひき》い、見事に敵を撃滅《げきめつ》した〈招く者《レギオン》〉としてのジークの存在は、ノヴィアにとって、

(偉大《いだい》な母に匹敵《ひってき》するただ一人の人——)

であった。そしてそういう男であればこそ、母から受け継《つ》いだ偉大なる透視《とうし》の力——万《ばん》里《り》眼《がん》の力が使いこなせず、盲目《もうもく》となった自分を、

(導《みちび》けるのは、この人だけ——)

と思い詰《つ》めるのも、至極《しごく》当然といえた。

そうしたノヴィアの思いを、道中、切々と聞かされてきたアリスハートもまた、

「あんた、ちょっとはノヴィアの気持ちも聞いたらどうなのよぉっ。冷血っ、狼《おおかみ》男《おとこ》っ！」

思わず舌鋒《ぜっぽう》鋭《するど》くなじるのだが、ふと——

「死んだらどうする」

ジークの言葉に、意表を突《つ》かれて黙《だま》った。

「俺の任務《にんむ》は、綺麗《きれい》なものばかりじゃない。死んでも、誰《だれ》も見向きもしないものも多い」

途端《とたん》にぎくっとなるアリスハートだが、ノヴィアの方は、むしろ敢然《かんぜん》となって迫《せま》る。

「私の母も、危険な戦《たたか》いの旅を続けてきました。幼《おさな》い私も、何度もそれを見てきました」

そこでジークはしばらく黙り込み、やがて、

「お前に、真実を葬《ほうむ》ることが出来るか？」

「——え？」

「偽《いつわ》りとはいかなる真実か？　欺《あざむ》きとは？」

「答えられない者を、従士には出来ない。任務を理解出来ずに、逆に、俺を殺《ころ》そうとする従士も、いる……」

「え——その……私……」

ふと——そのジークの淡々《たんたん》とした口調《くちょう》が、ひそかな悲しみを帯びたような気がしたのは、ノヴィアの錯覚《さっかく》であろうか……。

「今まで、四人の従士を連れたことがある。みな、死んだ。二人はその時の敵に殺されたが、残りの二人は、俺に斬られて死んだ」

静かに告げながら、一層鋭くなるジークの眼光に、ひぇ……、とアリスハートが怯《おび》えきってノヴィアの首筋にしがみついてきた。

ノヴィアも、言葉が出ない。恐《こわ》いのではない。目に見えない分厚い壁《かべ》を、ジークとの間に感じていた。その気持ちを察《さっ》したように、

「去《さ》れ——」

ジークのその声だけが、不思議《ふしぎ》と優《やさ》しい響《ひび》きを帯びて、ノヴィアを突き放していた。

ノヴィアの杖《つえ》を握《にぎ》る手が、震《ふる》えた。ジークが背を向けるのが、気配と音で分かった。アリスハートも何も言わない。そのままジークの気配は人混みの中へと、消えていった……。

「ノヴィアぁ、もうあんな男、放《ほ》っとこうよぉ。他《ほか》にも道はあるよ、きっとぉ」

アリスハートが怯えて言うのへ、ノヴィアは、はっと我《われ》に返り、強くかぶりを振《ふ》った。

急に――自分が許《ゆる》せなくなっていた。

いったい、何が許せないというのか。

奇妙《きみよう》なことに、自分がジークを傷つけたのではないか、という気持ちが起こっていた。

自分は絶対に死にません。貴方《あなた》の任務も、必ず、理解出来ます――すぐに、そう返せなかった自分が、妙に情《なさ》けなかった。

その情けなさをぐっと嚙《か》みしめ、

「頑張《がんば》るのよっ、ノヴィアちゃん！」

激励《げきれい》の声を上げた。そしてすかさず――

「はいっ！　頑張りますっ！」

自分で応じるノヴィアに、アリスハートが、

「出たよ……ノヴィアの一人頑張るちゃんが。こうなると何言っても無駄《むだ》なんだからぁ」

がっくりと、うなだれるのだった。

翌朝《よくあさ》。靄《もや》も晴れぬ頃《ころ》、ノヴィアが建物の陰《かげ》で待っていると、アリスハートが声を上げた。

果《は》たして、今しもジークが、教会裏の、巡礼者《ヴィータール》の宿から出てくるところであった。

目の見えぬノヴィアにもそれが分かった。ジークは物静かな男だが、気配は灼熱《しゃくねつ》に等しい。戦いの意志を秘《ひ》めた強い気配が、静かに街並みを抜《ぬ》け、都市を出てゆくのを、杖を突《つ》く手もひそやかに、そっと追った。

「来たよ、あの男だ！」

先日、ジークの姿を見失ったものの、その行方《ゆくえ》は、すぐに分かった。そもそも聖法庁の者が、都市で身を寄せる場所といえば、教会以外にない。ノヴィアもまた、都市の修道院《しゅうどういん》で、巡礼者《ヴィータール》のための部屋を、借りていた。

「明朝、森に行くと言っておったなぁ」

教会の教父は、あっさり教えてくれた。

「お前様の師は何も教えてくれぬのかね？」

「自分で調べよ、と……それも修行《しゅぎょう》だと」

「ふむ。何もかも言葉にしようとする者もいれば、一切《いっさい》無言で背ばかり見せる者もいる」

「私には、良き師です」

「うむ、うむ」

教父は、すっかりノヴィアがジークの従士であると思い込んでいる。これはノヴィアが、

「私の師ジーク様は、どちらへ？」

と、夕刻になってジークが街に出たのを見計らい、教父に話を聞き出したせいである。

「ギュンターツィヒの森はご存じかな？」

教父の問いに、ノーヴィア達が首を横に振《ふ》る。

「裁《さば》き司《つかさ》の森のことですよ。森は、裁判所であり、また服役《ふくえき》の地でもありましてね」

「服役……？　森が、牢屋《ろうや》なんですか？」

「罪人は、森の金鉱《きんこう》で働《はたら》かされたのです。しかし、十年前には金も涸《か》れ、都市は寂《さび》れ、来る者も死刑囚《しけいしゅう》ばかりになりましてなぁ……」

「死刑囚……って、ことは……」

アリスハートが嫌《いや》な予感に身をすくませる。

「森全体が処刑場《しょけいじょう》と化したのです。再び金が採《と》れ、都市が繁盛《はんじょう》しても、それだけは変わらなかった。かつては森の霊獣《れいじゅう》に見守られ、公明正大な裁きを誇《ほこ》る森だったのですが……」

霊獣は森の中心に生える聖木の化身である。

人間が森で裁きを行い、金を採ることを許すばかりか、罪人たちがちゃんと罪を償《つぐな》えるよう、時に厳《きび》しく、時に優《やさ》しく、人間に接してくれていたという。

しかし森が単に処刑の場と化したためか、霊獣はいつしか姿を消した。代わりに、処刑された者の怨《うら》みが凝《こ》り固まって生じた魔獣《バロール》が、森を徘徊《はいかい》するようになった——という。

そんな森にジークが何をしに行くかは分からなかったが、処刑場だろうと魔獣《バロール》だろうと、ノヴィアの気持ちに躊躇《ためら》いはなかった。

目的は一つ。ジークの役に立ち、自分を従士として認めてもらうこと。それだけだった。

最後に、自分が来たことをジークに言わないよう頼《たの》むと、教父はにっこり微笑《ほほえ》んで、

「私も、従士の頃は苦労したものですなぁ」

快《こころよ》く、口止めに応じてくれたのだった。


都市を出てしばらく進んだところであった。街道を逸《そ》れ、いよいよ鬱蒼《うっそう》とした森に入るかに見えたとき。ふと、ジークが立ち止まった。

すぐさまアリスハートがそのことを告げ、ノヴィアも茂《しげ》みに身を潜《ひそ》めた。その途端《とたん》——

ジークの気配が、見事に消え去っていた。

「そんな、一瞬《いっしゅん》で……」

慌《あわ》てて茂みをかき分け、そして、呆然《ぼうぜん》と立ち尽《つ》くした。急いでアリスハートが飛び回って探すが、既《すで》に影《かげ》も形も無い。

「分かってたんだ……尾《つ》けてること………」

萎《しお》れつつも、すぐに、屹然《きつぜん》と面《おもて》を上げた。

「これも修行《しゅぎょう》なのですねっ！」

「え、ちょっと、誰に言ってるのさ」

「行くわよ、アリスハート！」

「ま、待ってよ、この森には魔獣《バロール》が……」

「大丈夫《だいじょうぶ》。心を開けば、魔獣《バロール》だってきっと貴女《あなた》みたいに私の友達になってくれるわ」

「そ、そんな無茶苦茶《むちゃくちゃ》な……」

アリスハートが呆《あき》れるのも構《かま》わず、ノヴィアは、今や隠《かく》れもせず颯爽《さっそう》と歩き出していた。

朝靄《あさもや》も晴れ、木漏《こも》れ日が清々と光を頭上に零《こぼ》す頃になると、緑が鮮《あざ》やかに萌《も》える様子に、

「綺麗《きれい》な森ぃ……」

魔獣《バロール》の恐怖《きょうふ》も忘れてアリスハートが呟《つぶや》いた。

「変な森ねえ」

「変……？」

「気配が無いのよ」

「気配？」

「鳥とか動物とか……一匹《ぴき》もいないわ」

アリスハートの目が、まん丸になった。

「魔獣《バロール》さんがみんな食べちゃったのかしら」

「ややや、やっぱ早くここ出ようよぉぉ」

「大丈夫よ、魔獣《バロール》の気配も無いもの」

あっさり返し、杖《つえ》が岩に当たるのを感じて足を止めた。そっと岩の上に腰《こし》を下ろし、

「お昼にしましょう」

宿でこしらえた食べ物を、たすき掛《が》けにかけた荷袋《にぶくろ》から取り出した。包《つつ》みを開くと、中からとても口に入れる物とは思えぬ、奇怪《きかい》な緑色の物体が現《あらわ》れる。はい、とかけらを渡《わた》され、アリスハートが恐《おそ》る恐る食べてみると――これが、とてつもなく美味《うま》いのだ。

「ノヴィアの料理は、食べるのに勇気が要《い》るのよねぇ……見た目と違《ちが》って、中身は美味《おい》しいんだけどさ」

ぶつぶつ言いながらも、かじりついた。

食事を終え、すぐに歩き出すノヴィアに、

「あんたもタフよねぇ」

魔獣《バロール》を恐れないことに加えて、朝から歩き通しなことも、言っていた。

「ルールドに居着くまでは、ずっと母さんと巡礼《じゅんれい》していたもの。旅には慣れてるわ」

丁寧《ていねい》に杖で探《さぐ》って木の根を避《さ》け——やがて、ひときわ太い木々が生《は》える辺りに出た。

「ひゃぁあっ……」

途端《とたん》に、アリスハートが、悲鳴を上げて、ノヴィアの肩《かた》にしがみついてくる。

見渡すばかりの木々に、何かが吊《つる》されている。最初は、沢山《たくさん》の大きな荷物が、木の枝に吊されているのかと思った。それらが、一瞬《いっしゅん》で、首を吊《つ》られた死体の群となって、アリスハートの目に飛び込んで来たのであった。

「しし死んでる、死んでる、死んでるぅ」

四方八方、死者の群だった。風に揺《ゆ》られてぎしぎし縄《なわ》が軋《きし》み、枝がしなる音が、調子っ外《ぱず》れの合奏《がっそう》のように鳴り響《ひび》く。

「ノヴィアぁ、こ、こ、怖《こわ》くないのぉお？」

「死んでるんでしょ？　魔獣《バロール》の方が怖いわ」

「どっちも怖いよおぉぉ」

ノヴィアの足が止まった。そっと木陰《こかげ》に身を隠《かく》す。ざっ、ざっ、と土を抉《えぐ》る音とともに、

「あ、居た……」

アリスハートの呟《つぶや》き通り、ジークが一心にシャベルを地面に突《つ》き立てていた。傍《かたわ》らには

既《すで》に葬《ほうむ》ったらしい墓がずらっと並んでいる。

その様子をノヴィアが木陰から窺《うかが》っていると、

「そこで何をしているっ」

突然《とつぜん》、金切り声のような叱咤《しった》が飛んできた。

咄嗟《とっさ》にノヴィアが身を強張《こわば》らせたが、ジークの声ではない。五、六人ばかりの男女が森から現れ、ジークを誰何《すいか》しているのだ。

みな、ゆったりとした緑の衣を着ており、黄金の杖《つえ》を持ち、髪《かみ》も耳も金で飾《かざ》っている。

「誰の許しで、勝手に罪人を葬るかっ！」

どん！　答える代わりに激《はげ》しくシャベルを突き立てるジークに、緑衣の者達がたじろぎ、

「ジークー・ヴァールハイト。黒印騎士団《シュワルツ・リッター》」

そう名乗るや、みな神妙《しんみよう》な顔を見交《みか》わした。

「黒印騎士団《シュワルツ・リッター》とな……」

嗄《しわが》れ声とともに、ひときわ深い緑色をした衣の老人が前に出た。鋭《するど》い目つきで、身の丈《たけ》の倍ほどもある黄金作りの杖を振《ふ》りかざす。

「ならば、その証《あか》しを、示されよ」

かちり。ジークがシャベルの柄《え》を回し、引き抜《ぬ》いた。地面に歯だけが残り、別の柄《つか》が現

れ、それを握《にぎ》り、抜き放った。ひと振りの剣《けん》が、鮮《あざ》やかな銀の輝《かがや》きを振り零《こぼ》した。

おお……と緑衣の者達がどよめき、

「黒き騎士《きし》の持つ、聖咎の剣《インドルガンツィア》……確かに」

老人が、炯々《けいけい》とした目で見据《みす》え、言った。

「いったい、何用で森を訪《おとず》れた」

「森の守護者との盟約《めいやく》に従《したが》い、助勢《じょせい》に来た」

「助勢じゃと……？」

「ドラクロワが、現れたそうだな」

老人の目が、ジークに劣《おと》らず、鋭くなった。

「ドラクロワとな。確かに……つい先頃《さきごろ》、かの反逆児に煽《あお》られた無法《むほう》の騎士どもが、この地の金を狙《ねら》って、攻め寄《せ》せて来おったわ」

「なぜ、聖法庁に、届け出ない」

「その必要もないからじゃ。全員、森の法にもとづき裁いてやったわ。そこで勝手に埋《う》められているのが、それらの無法の騎士どもじゃ」

「黒印騎士団《シュワルツ・リッター》の葬法《そうほう》は、取り調べも兼《か》ねている。この死体の検分《けんぶん》を、させてもらう」

ふん、と老人が嘲《あざけ》るように鼻を鳴らした。

「――九十八名。心ゆくまで検分し、さっさと立ち去れ。助勢などいらぬ。この森は平穏《へいおん》そのものじゃ、我らの裁きによって、な」

そう言い捨て、他の者達と去っていった。

「ドラクロワって、誰ぇ？」

「聖法庁の大切な物を盗《ぬす》んで逃《に》げ出した人だって、母さんが、言ってたわ。ジーク様は、その人を追って、ここに来たのかしら……」

ノヴィアは、出て行こうかどうか躊躇《ためら》いながら、一心にジークの気配を探《さぐ》っている。

やがて、ジークが全《すべ》ての死者を葬《ほうむ》り終えた。

異変《いへん》が起きたのは、そのときだった。

アリスハートが宙を振り向き、ノヴィアもあっと声を上げた。二人とも突如《とつじょ》として頭から冷水を浴びせられたような感覚に襲《おそ》われていた。

「な、な、なにこれ……？」

何か目に見えないものが四方八方を飛び交《か》い、次々に二人の手を、足を、腹を、通り抜《ぬ》けてゆくのだ。それらが声無き声を上げて集まろうとする先に――ジークがいた。

「やはりそうか……。良いだろう、弔《とむら》われざる者ども……その憎念《にくしみ》、俺が、引き受ける」

空気が更《さら》にざわめいた。ノヴィアが顔を青ざめさせ、辺りを振《ふ》り仰《あお》いだ。

「堕気《だき》が……死者の怨念《おんねん》が、集まってくる」

ジークが、膝《ひざ》をつき、苦悶《くもん》の声を上げた。そのまま、どっと、前のめりに倒《たお》れ込む。

沈黙《ちんもく》が落ちた。いつの間にか、空気のざわめきが、消えていた。まるで、全部どこかに入り込んでしまったような、呆気《あっけ》なさだった。

ノヴィアの唇《くちびる》から、熱い吐息《といき》が零《こぼ》れた。

「あの人は、たった一人で……ああして、死者の堕気を、受け入れて……」

涙《なみだ》がにじんだ。到底《とうてい》、自分には出来ない業《わざ》だった。思わず木陰《こかげ》から出て、最後にジークの声がした辺りへ、杖《つえ》で探《さぐ》り歩み寄っていた。

「ちょ……ちょっと、ノヴィア」

慌《あわ》てて追うアリスハートの頭上を、再び、何かが、猛烈《もうれつ》な勢いで駆《か》け抜けていった。

今度は、死霊《しりょう》の類《たぐい》ではない。形と重さを持ったものだった。それが、凄《すさ》まじい地響《じひび》きを立て、ジークのすぐそばの地面に着地した。

きゃっ、と悲鳴を上げるノヴィアに、それが、血のように真っ赤な目を向ける。

それは、たてがみも尾《お》も全身漆黒《しっこく》の体毛に包まれ、身動きするたびに、体から硫黄《いおう》の臭《にお》いのする青白い煙《けむり》を噴《ふ》く、巨大《きょだい》な獣《けもの》であった。

「ババババ……魔獣《バロール》うう？」

獣が、雷鳴《らいめい》にも似た唸《うな》りを巨大な口から漏《も》らし、のそりと、ノヴィアに近づいた。

それを見たアリスハートの頭の奥《おく》の方で、何かが切れた。すっ飛んでいって獣の顔に体当たりするや、滅多《めった》打《う》ちに叩《たた》きまくった。

「ここ、こいつこいつこいつこいつぅぅ！」

ごおっ！　獣が吠《ほ》えた。赤黒い口に、巨大な牙《きば》がずらりと並ぶ様に思わずアリスハートは失神《しっしん》しかけた。

が、涙《なみだ》を振り零《こぼ》しながら慌てて身を翻《ひるがえ》す。今度は倒れたジークに飛びついて、

「起きろオマエ起きろオマエ、〈招く者《レギオン》〉だからって招《まね》くなこんなもの！　起きろぉぉ」

手も足もめちゃくちゃに振り回してジークの顔を叩きまくるが、一向《いっこう》に目覚めない。

「何て静かな気配……」

そこへ、ノヴィアが、何を思ったか、そっと獣に手を差《さ》し伸《の》べようとする。

「うわあああ、駄目《だめ》それ違《ちが》う危ないいいい」

混乱の極《きわ》みに陥《おちい》るアリスハートの目の前で、刹那《せつな》、獣の肩《かた》に、黄金色の矢が突《つ》き立った。

獣が咆吼《ほうこう》を上げて振り向く。続けて現れた者達に、アリスハートは、恐《こわ》さと驚《おどろ》きで一杯《いっぱい》になりながら、それでも、驚いた。

それは、一個の兵団であった。

それも、黄金色に輝《かがや》く兵団である。

兜《かぶと》も甲冑《かっちゅう》も黄金なら、その槍《やり》も盾《たて》も何もかもが黄金作りという、燦然《さんぜん》たる重装歩兵《じゅうそうほへい》達が、続々と隊列をなして獣に向かってゆくのだ。

「黄金兵団よ、やつを討《う》てっ！」

喚《わめ》いたのは、先ほどの緑衣の老人だった。

金の輝きを振り零す兵士達が、漆黒の獣に向かって一斉《いっせい》に槍を向け、攻《せ》め寄せる。

その隊列は見事な統制《とうせい》ぶりで、間もなく獣は追いやられるようにして、森に消え去った。

「そなたは……？」

「この方の……ジーク様の、従士です」

老人の問いに、咄嗟《とっさ》に、そう答えていた。

「そうか……危《あや》ういところであったな。負傷《ふしょう》したならば、我らが館《やかた》に来るがいい」

はい、と答えるノヴィアの頭上に、安心して脱力《だつりょく》したアリスハートが、ひらひらと宙を舞《ま》う木の葉のように、落ちていった。

裁き司《ギュンターツィヒ》の館は壁《かべ》一面、黄金に輝いていた。

その燦《きら》めく館《やかた》を見ても、あまりに驚く事が多くてすっかり食傷気味《しょくしょうぎみ》のアリスハートは、

「これ、窓《まど》まで金だったら、不便《ふべん》よねぇ」

呆《あき》れたように、呟《つぶや》いただけだった。

「お台所を貸《か》して下さい」

何か要《い》るかと訊《き》かれ、ノヴィアが即答《そくとう》した。

アリスハートも手伝い、出来上がったものを持って部屋に戻《もど》ると、夕日の輝きの中に、ジークが窓の外を見ながら、佇《たたず》んでいた。

ジークが振《ふ》り向く気配を察して、ノヴィアは、盆《ぼん》を手に、そっと相手に近づいた。

「堕《だ》気払《ばら》いの薬草を、幾《いく》つか混《ま》ぜています」

ジークは、ノヴィアがここに居ることには何も言わず、椀《わん》とスプーンとを受け取った。

「〈銀の乙女《おとめ》〉の触《ふ》れる物には聖性が宿《やど》る。薬以上にそれが堕気払いに効《き》く。礼を言う」

アリスハートの顎《あご》がかこっと下がった。この男が、人に感謝《かんしゃ》するとは思わなかったのだ。

ノヴィアは、思い切って言った。

「たとえ、堕気を力にする堕法の使い手でも、あれほどの堕気に身を冒《おか》され続ければ……何年もしないうちに、死ぬと思います」

アリスハートが、目を丸くする。ジークは、手を止めずに、椀の中身を食った。

「堕気払いが出来る、聖性の使い手が、いつも側《そば》にいる必要があるのではないですか」

たとえば、自分のような人間が——そう言おうとして、口ごもった。今こそ、自分がジークに必要とされるチャンスだと思った。だが、なぜか、最後の一言が出てこない。

「そうかもしれない」

ジークが淡々《たんたん》と言った。心なし、ノヴィアを避《さ》けるように窓を見やる。最大のチャンスに何も出来ないノヴィアの代わりに、アリスハートが無邪気《むじゃき》に宙を舞《ま》って、窓辺に寄った。

「なになに？　なに見てんの？」

「裁き司《ギュンターツィヒ》達の——宴《うたげ》だ」

見ると、館の前で、例の老人を中心に、緑衣の者達が輪《わ》を作り、何ごとか喚《わめ》いている。

「……では続いて、六日後に到着《とうちゃく》する罪人達の予審《よしん》に入る！　まず一人目は——館の薪《まき》を盗《ぬす》んで、自分達のために使った使用人！」

「……別に良いじゃん、そのくらい」

だが裁き司達は一斉《いっせい》に杖《つえ》を振り上げ、

——死刑《しけい》！　死刑！　死刑！

かこっとまたアリスハートの顎が、外《はず》れた。

「……では二人目。家畜《かちく》を死なせた獣医《じゅうい》」

——死刑！　死刑！　死刑！

「では三人目。税《ぜい》を滞納《たいのう》した農民」

——死刑！　死刑！　死刑！

延々《えんえん》と耳にこびりつくような死刑宣告《せんこく》が続き、アリスハートは開いた口が塞《ふさ》がらないどころか、気持ち悪くなってきた。

「来る……」

ジークが呟《つぶや》いた。何が、と訊《き》く間もなく、素早《すばや》く空《から》の椀《わん》を置き、シャベルを手に取った。

途端《とたん》——がらん、と鈍《にぶ》い音がしてシャベルが転がった。シャベルを取り落としたジークの左手が、物もつかめぬほどに震《ふる》えている。

その気配を察して、反射的《はんしゃてき》にノヴィアが近寄った。何も考えていなかった。ただ、何かが悲しかった。その悲しさを確かめるようにしてジークの左手に触《ふ》れ、両手で握《にぎ》っていた。

「なぜ……そうまでして、戦うのですか」

訊きながら、ノヴィアはふいに、なぜ先ほど自分が言葉を失ったかを悟《さと》った。ジークが命を削《けず》る理由も知らぬまま、その心に踏《ふ》み入るような真似《まね》は、出来なかったからだ。

いや、既《すで》に、そのままでは死ぬなどとジークに言ってしまった。ジークにそれが分かっていないはずがないのに。それなのにジークが従士を持たないのは、それだけ、かつて自

分の従士を斬《き》ったという、その悲しみが強いからではないのか。それなのに自分は……。

「すいません……余計なことを訊きました」

顔をしかめて、零《こぼ》れそうになる涙《なみだ》を堪《こら》えた。

ぽつねんとアリスハートが見守る中、

「……その聖性の強さ、母親譲《ゆず》りだな」

いつしかジークの手の震えが止まっていた。

「今回だけ……一緒《いっしょ》に来てもらう」

はっと、ノヴィアは見えぬ目を見開き、

「こんな場所まで、ついて来るとは思わなかった……その強情《ごうじょう》さも、母親譲りだな」

「は……、はいっ！」

慌《あわ》てて顔を上げ、間《ま》が遅《おく》れた返答をしていた。

館《やかた》から出てきたジーク達に、老人が予審《よしん》を中断し、にやりと歯を剝《む》き出して笑いかけた。

「黒き騎士《きし》よ、歩けるならば、再び森の魔獣《バロール》に襲《おそ》われる前に、森を出てゆくがいい」

「そうはいかない。盟約《めいやく》を守り、助勢する」

その言葉に、裁き司《ギュンターツイヒ》達が一斉《いっせい》に笑い出した。

「要《い》らん、要らん。獣《けもの》のそばで、ぶざまに倒《たお》れ伏《ふ》していたのは、いったい誰じゃ」

ジークは何も言わず歩み寄った。ふとその足が止まるや、くるりと、館を仰《あお》ぎ見た。

「なんという、静かな気配だ……」

その視線を追って、誰もがぎょっとなった。

なんと、館の屋根に、先ほどの漆黒《しっこく》の獣《けもの》が、唸《うな》りを上げてこちらを見ているではないか。

全身に青白い煙霧《えんむ》をまとい、真っ赤な目を見開くや、咆吼《ほうこう》を上げて躍《おど》りかかってきた。

「お、お……黄金兵ーっ！」

またたく間に周囲の森から黄金の兵団が現れるが——今回は、間に合わなかった。

緑衣の男女の半数が、一瞬《いっしゅん》で巨大《きょだい》な獣の牙《きば》と爪《つめ》の餌食《えじき》となった。その阿鼻叫喚《あびきょうかん》の騒《さわ》ぎに、ぎらぎらと黄金の輝《かが》きが突入《とつにゅう》する。

ジークは、悠然《ゆうぜん》と銀剣《ぎんけん》を抜《ぬ》き放《はな》ち、

「おいチビ。この森で一番高い樹《き》を探せ」

「チ、チビじゃないやっ！」

「急げ。魔獣《バロール》が増《ふ》える」

その言葉に、アリスハートはぎょっとなって慌《あわ》てて空高く舞《ま》い上がった。夕闇《ゆうやみ》が迫《せま》る中、森の更《さら》に北に、異形《いぎょう》の大きさの樹が見えた。

戻《もど》ってきてそう告げるアリスハートに、

「よし。いったん退却《たいきゃく》し、その樹を目指す」

ジークが、言った。

そのとき、獣《けもの》が凄《すさ》まじい咆吼を上げた。全身を矢に射《い》られ、完全に槍《やり》で包囲《ほうい》されている。

ジークは、すっと獣を包囲する兵へ歩み寄るや、剣を旋風《せんぷう》のごとく左右に迅《はし》らせた。

鎧《よろい》さえ両断する、凄絶《せいぜつ》な剣閃《けんせん》だった。

黄金兵の首が二つ、同時に宙を舞う様を、アリスハートが、ぽかんと見守った。

「ノヴィア、チビ、来い！」

目の見えぬノヴィアは、事態を理解せず、呼ばれるままに、急いで足を運んでいる。

「ななな、何をしとるかぁっ！」

喚《わめ》く老人に、ジークは、つと振《ふ》り返り、

「盟約により、森の守護者に助勢する」

しごく当然のように、言ったものだった。

老人達が呆気《あっけ》に取られるのも構わず、素早《すばや》くノヴィアの体を抱《だ》き上げ、叫《さけ》んだ。

「魔獣が出るぞ！　森の王よ、退却を！」

ノヴィアの下で、暖《あたた》かなものがうねる感触《かんしょく》と、硫黄《いおう》の臭《にお》いとが起こった。気づけばなんと、ジークと共に漆黒の獣の背に乗っていた。

そのとき、斬《き》り倒《たお》された兵の鎧が、めりめりと音を立てて裂《さ》けた。卵から孵《かえ》る雛《ひな》のように、鎧を突《つ》き破って現れ出るのは、実に、鶏《にわとり》の頭に蜥蜴《とかげ》の手足という異形の魔獣であった。

ジーク達を乗せて、漆黒の獣が走った。

「逃《のが》すなっ！　殺《ころ》せっ、殺せぇーっ！」

老人の恐《おそ》れと怒《いか》りにまみれたような声が、みるみる背後に遠ざかっていった。


「魔性《ましょう》の黄金を招き出す、禁断《きんだん》の秘儀《ひぎ》だ」

走る獣の背で、鋭《するど》く、ジークが言った。

それは、堕界《だかい》から招かれる、意志を持った黄金なのだという。人の欲望《よくぼう》を刺激《しげき》して操《あやつ》り、あらゆる命を餌《えき》に増殖《ぞうしょく》し、あの黄金の鎧をまとう魔獣《バロール》を生み出すのであった。

「それが……涸《か》れた金鉱の代わりに、裁き司《ギュンターツィヒ》達が手に入れた、黄金なのですね……」

ノヴィアは、ぞっと震《ふる》えた。裁き司達は、黄金を増やすためだけに、あのようにごく軽い罪の者達まで、死刑《しけい》にしていたのだ。

「森に動物がいないのも……黄金の餌に」

「無慈悲《むじひ》な刑を止めようとして、魔獣《バロール》に殺された、九十八人の騎士の命もな」

ふいに、獣《けもの》が膝《ひざ》をついた。横倒しになる寸前、ジークがノヴィアを抱《かか》えて飛び降りる。

獣は、眼前の巨木《きょぼく》にぶつかり、止まった。

すぐさま、ジークが駆《か》けつける。

獣は立ち上がれぬまま、苦しそうに喘《あえ》ぎ、その真紅《しんく》の目を、じっとジークに向けてきた。

「聖法庁と古き盟約《めいやく》を結ぶ、裁き司《ギュンターツイヒ》の霊獣《れいじゅう》よ。その憎念《ぞうねん》、俺が引き受ける」

獣が咆吼《ほうこう》を上げた。その巨体が崩《くず》れ、真っ赤な液体と化《か》した。それが見る間にジークの足下《あしもと》に——影《かげ》に、流れ込んでゆく。

「うわーっ、ななな何この樹《き》ぃーっ」

見上げれば、そこにアリスハートの見つけた巨樹《きょじゅ》があった。裁き司《ギュンターツイヒ》の館《やかた》よりも大きな幹《みき》に、青く幽《かす》かに光る聖印《せいいん》が刻《きざ》まれている。

枝は奇怪《きかい》にねじ曲がり、そこから無数に垂《た》れ下がる、脈動《みゃくどう》する果実《かじつ》があった。それらが割《わ》れるや、腐《くさ》ったような臭《にお》いをまき散らし、黄金の兵が、続々と生まれ出て来るのだった。

「聖木を、堕界《だかい》の魔獣《バロール》を招く扉《とびら》と化したか」

ジークが、低く呟《つぶや》きを漏《も》らす。

ふいに、木々の闇《やみ》に無数の篝火《かがりび》がともった。

絢爛《けんらん》たる黄金兵団が、剣《けん》の距離《きょり》ではなく、弓矢の距離で、瞬《また》く間に包囲を敷《し》いてゆく。

「森の平安を荒《あ》らす罪深き者どもっ。一人残らず、我らの黄金の苗床《なえどこ》にしてくれるわ！」

息を荒らげて喚《わめ》く老人に、ジークが言った。

「一つだけ訊《き》く。この秘儀を、お前達に授《さず》けたとき、あいつは、何と言った」

「こ、これが我らを救《すく》うと仰有《おつしや》ったのだ！」

途端《とたん》、傍《かたわ》らのノヴィアが慄然《りつぜん》となるほどの凄《すさ》まじい戦いの気配がジークの全身に満ちた。

「貴様らを裁く者達が——必要だな」

ジークは、ずらりとひしめく黄金兵団に対し、すっと、静かな動作で、その左手を掲《かか》げ、

「ジーク・ヴァールハイトが招く！」

叫《さけ》ぶや、その手から白熱する電光が迸《ほとばし》った。

どくん！　巨樹が戦慄《せんりつ》したように鼓動《こどう》し、

「無念の魂《たましい》よ！　火刻星《マムルーク》の連なりの下《もと》、砲魔《ほうま》ネルヴとなりて我《わ》が敵を撃《う》て！」

雷花《らいか》を帯びる手を激しく地面に叩《たた》きつけた。

地中から稲光《いなびかり》が発し、風が吹《ふ》き荒れ、その凄まじさに黄金兵団が隊列を乱した。

刹那《せつな》、前面に並ぶ黄金兵達が、いきなり木《こ》っ端微塵《ぱみじん》に爆発《ばくはつ》し、粉々に吹き飛んでいた。

アリスハートとノヴィアが慌《あわ》てて耳を塞《ふさ》ぐ。

あの漆黒《しつこく》の獣の咆吼にも似た轟音《ごうおん》が次々に上がり、立て続けに爆発音が轟《とどろ》いたのだった。

濛々《もうもう》と立ちこめる爆煙《ばくえん》から、ぬっと魔兵が姿を現した。数は九十八体。焼けただれた体に、仮面《かめん》のような顔貌《がんぼう》。全身から煙霧《えんむ》を噴《ふ》き出し、その右腕《みぎうで》はみな、巨大な砲身《ほうしん》だった。

「獅子座《ヴェルキエル》の陣！――撃《う》てっ！」

砲魔《ネルヴ》の軍団《レギオン》が即座《そくざ》に凸《とつ》型の陣形《じんけい》を整《ととの》え、一斉砲火《いっせいほうか》を放った。前面の黄金兵に弓を引かせる間も与《あた》えず爆殺《ばくさつ》し、続々と進軍を開始する。

「か、数では優《まさ》っておるのだ！　囲《かこ》めっ！」

老人の言葉は正しく、黄金兵が左右から攻め寄《せ》せるや、後陣の砲魔《ネルヴ》達が次々と槍《やり》の餌食《えじき》となった。アリスハートが、おどおどして、

「ちょ、ちょっと、この人たち弱くない？」

「近接戦闘《きんせつせんとう》には向かない兵種だからな」

あっさり返し、陣形の中心で進撃《しんげき》を命じて、

「ノヴィア、どうにかしてくれ」

いきなり立ち止まり、左腕を突《つ》き出した。

ノヴィアが触《ふ》れると、ぬるぬるした熱いものが滴《したた》っている。血だ。夥《おびただ》しい出血だった。

ノヴィア《ヴィア》は慌てて手探《てさぐ》りでジークの籠手《こて》を外した。何をどうして良いか分からぬまま、自分の法衣の襟《えり》をまくり、咄嗟《とっさ》に衣服の中に、ジークの血まみれの腕を突っ込んでいた。

「わ……私の聖性で、瘴気を中和《ちゅうわ》します。……うっ、動かさないで下さいっ！」

首まで真《ま》っ赤《か》になって言った。

「助かる」

眉《まゆ》一つ動かさず言うジークに、ぐっと腕を押《お》しつけられ、ノヴィアが悲鳴を零《こぼ》した。

「〈招く者《レギオン》〉の軍勢より、我らの黄金兵の方が優っているぞ！　それ、攻めよ、それ！」

老人が、満面《まんめん》に喜悦《きえつ》をしたたらせて喚《わめ》く。

老人の目には、ジークの軍団《レギオン》が、黄金の輝《かがや》きに追われ、必死に逃《に》げるように見えるのだ。

その老人の表情が、急に、一変した。

なんと、逃げると思われた砲魔《ネルヴ》の軍団《レギオン》が、素早《すばや》く転進し、老人達に向いたのだった。

凄《すさ》まじい砲声《ほうせい》が轟いた。その流星雨《りゅうせいう》のごとき火球の数に、老人達が愕然《がくぜん》と凍《こお》りついた。

が——文字通りそれは、流れ星となって、黄金兵団の更《さら》に後背《こうはい》へと、消え去っていった。

「馬鹿《ばか》めっ、的《まと》を外しおったわ！」

老人が快哉《かいさい》を叫《さけ》び、黄金兵団を、怒濤《どとう》の勢いで、砲魔《ネルヴ》の群に攻め寄せさせる。

——そのとき、にわかに、暗《くら》い夜が赤く燃え上がった。

老人が振《ふ》り返ると、なんと、森が、火災《かさい》に沈《しず》んでゆくところであった。

「ひ、ひ、火を消せーっ！」

老人の絶叫《ぜっきょう》に、更なる全軍砲火が重なった。

今度は、流星にはならなかった。

陣《じん》の前面をなしていた五十体ほどの黄金兵が一度に爆殺《ばくさつ》され、無数の破片《はへん》と化している。

今や、包囲されているのは黄金兵団の方だった。左右後背の炎《ほのお》、前面は砲撃《ほうげき》の嵐《あらし》――

やがて、炎は、異形《いぎょう》の巨樹《きょじゅ》にも及《およ》んだ。その果実が次々に焼けただれ、地面に落ち、気づけば黄金兵団は、一切《いっさい》の援軍《えんぐん》を失っていた。


「血が止まった。お陰《かげ》で、腕《うで》が保《も》った」

ぱちりと腕に籠手をはめ、ジークが言う。

ノヴィアはジークの血で染《そ》まった襟元を握《にぎ》りしめ、真っ赤になってかぶりを振った。

「い、いえっ、お役に立てて良かったです」

「お前達は、このまま真《ま》っ直《す》ぐ街道に出ろ。……決着をつけた後、森の入り口で会おう」

ノヴィアは素直《すなお》にうなずいた。ジークは砲魔《ネルヴ》を引き連れ、燃え盛《さか》る森へと向かった。

老人は必死で火から逃《のが》れようと走っていた。

他の者達がどうなったかまるで分からない。汗《あせ》だくで喉《のど》がからからだった。体が重い。

ふと自分が金で飾《かざ》られていることを思い出し、慌《あわ》てて金細工《きんざいく》を外そうとして愕然《がくぜん》となった。

金が体から離《はな》れない。手にした杖《つえ》さえ放すことが出来ないのだ。その重さに悲鳴を上げ、
ついには金の重みで力尽《つ》きて倒《たお》れた。

火はすぐそこまで迫《せま》っている。必死で這《は》いずる老人の前に、ジークが剣《けん》を手に、立った。

「己《おのれ》の欲望のために許しを忘れた裁き司《ギュンターツィヒ》よ……許さない者こそ、最も許されない者だ」

「ひぃっ、貴様っ、貴様ぁっ」

「火に焼かれた黄金が、力を取り戻《もど》すため一か所に集まろうとしている……餌をつれて」

老人が、呆然《ぼうぜん》となった。金細工が、ずるずると、老人の体を引《ひ》っ張《ぱ》っていくのである。

「この黄金に冒《おか》された者を救う方法は無い……焼け死ぬ苦しみを、味わいたくなかろう」

老人は、目に涙《なみだ》を溜《た》め、ジークを見上げた。

やがて、震《ふる》えながら、うなずき、

「ドラクロワに会《お》うたら、わしに代わって、訊《き》いておいてくれ……これが、救いかと！」

老人が、最後の絶叫《ぜっきょう》を上げ——途絶《とだ》えた。

ずるずると、老人の体と首が、金に引きずられ、炎《ほのお》の中へと、消えてゆく。

ジークは、その無惨《むざん》な様を、静かに見つめ、

「俺も、それを訊きたいよ……ドラクロワ」

ぽつりと呟《つぶや》き、燃え上がる夜空を見上げた。

「死刑《しけい》にされた人達はどうなるんだよっ！」

猛然《もうぜん》と言うアリスハートに、ジークは、いまだ遠くに炎の残る焦土《しょうど》を眺《なが》め、言った。

「この森に起きたのは、ただの不幸な火事だ。赦《ゆる》しを忘れた裁き司《ギュンターツィヒ》など存在しなかった」

「んな……大勢死んで、森を焼き滅《ほろ》ぼして、そんで何にもありませんでしたって？　ノヴィア、やっぱこんなわけ分かんない奴《やつ》についてくなんて、あたし反対っ！　絶対反対っ！」

躍起《やっき》になって喚《わめ》き散らすアリスハートに、ふとノヴィアが、しゃがみ込《こ》んで、言った。

「……私も、初めて聞く音」

へ？　とアリスハートが目を丸くする。

ぱちり。まだ熱を帯びた灰《はい》の中で、何かが鳴った。ぱちり。なんとそこに、火で炙《あぶ》られるようにして、弾《はじ》ける種子があった。

「森には、必ず、火事があって初めて芽生《めば》える種があると、母が、言っていました……」

「そうだ……。古来、火で滅んだ森は無い」

「へえー……って、ご、ごまかすなぁ！」

「もし、裁き司《ギュンターツィヒ》の悪事が公になれば、あの都市の人達も、罪に問われるのでしょうね」

えっ、とアリスハートがびっくりするが、当然、これほどの事態《じたい》であれば、森の黄金で栄《さか》えた都市全体の連帯責任《れんたいせきにん》になる。主立った財産《ざいさん》は聖法庁に没収《ぼっしゅう》され、死刑者も出る――

「だからこそ、葬《ほうむ》るのですね……真実を」

さすがのアリスハートも、言葉に詰《つ》まった。

ノヴィアは立ち上がり、胸に手を当てた。

「偽《いつわ》りとは死んだ真実です。欺《あざむ》きとは殺された真実です。偽りは真実を隠《かく》すこと、欺きは真実をねじ曲げること……昔、母が教えてくれた聖典にそうあるのを、思い出しました」

胸に、拭《ぬぐ》われぬままのジークの血を感じた。

「人を生かすために、真実を葬る……それがたとえ、偽り、欺くことであっても……貴方《あなた》は、それを背負って……」

声が震《ふる》えた。アリスハートが慌《あわ》てて宙を舞《ま》い、心配そうにノヴィアの頬《ほお》に手を触《ふ》れた。

「私に、そんなこと、出来ないかもしれません……でも、私、ジーク様について行きたい……だって、真実を葬るということは、一番、真実に近い場所にいるということだから」

襟《えり》を握《にぎ》りしめ、顔を伏《ふ》せた。その見えぬ目を更《さら》に強く閉じても、涙《なみだ》を止められなかった。

「私……真実が見たい。もう一度、目を開くために……。迷惑《めいわく》……ですか」

そのノヴィアを、ジークは静かに見つめ、

「……迷惑じゃない」

はっとノヴィアが顔を上げると、すぐにまた、焦土《しょうど》に目を戻《もど》し、

「……そう言えば、今まで、料理の上手《うま》い従士は、いなかったな」

どこか、憮然《ぶぜん》として、呟《つぶや》いていた。

アリスハートが、きょとんとなる。

「それって、ついてって良いってこと？」

「……今回だけだ」

なんともはっきりとしない返事だが、ノヴィアの涙で濡《ぬ》れた顔に、笑顔《えがお》を咲《さ》かせるには、十分だった。思わずアリスハートまでつられて微笑《ほほえ》んでしまうほどの、満面の笑みだ。母親が死んで以来、ノヴィアがこんな笑顔を見せるのは初めてのことで、それだけでも、

「ま、良いか……」

そう思う、アリスハートなのであった。

ジークは、相変《あいか》わらずノヴィアを見もせず、

「ただし、一つだけ条件がある」

「は、はいっ。何でも守ります」

「守れそうにない場合は、すぐに放《ほう》り出す」

「は……、はいっ」

「俺に、お前の墓を掘《ほ》らせるな」

その言葉に、ノヴィアはかっと胸が熱くなった。そして今度こそ、即答《そくとう》していた。

「はいっ。絶対に！」

ふと、そこで、ジークが奇妙《きみよう》な顔になった。

それは、アリスハートの目に奇妙と見えただけで、実際は、微笑《びしよう》したのかもしれない。

そんな相手の表情も知らぬまま、ノヴィアは、今や師となった男の傍《かたわ》らにつき、ともに歩むその最初の一歩を、踏《ふ》み出していた。

第三話　ラグネナイの涙

夕闇《ゆうやみ》とともに淡《あわ》い霧雨《きりさめ》が立ちこめ、涼《すず》やかな香《かお》りが巡礼宿《じゅんれいやど》の一室にも入り込んでくる。

部屋の壁際《かべぎわ》には、黒革《くろかわ》の鎧《よろい》が置かれ、その上の鉤《かぎ》に、ボロボロの白外套《しろがいとう》が吊《つる》されている。

小机には、血塗《ちぬ》られたかのような赤い籠手《こて》と、いかにも苛烈《かれつ》な戦装束《いくさしょうぞく》が並んでいるが――最後に小机の隣《となり》に置かれた物を見たら、多くの者が、きょとんとなるに違《ちが》いない。それは、剣《けん》でも槍《やり》でもなく、とても武装とは縁遠《えんどお》い、大きな銀色に光るシャベルなのだった。

今、それらの荷の持ち主である男は、武装を解《と》いた長シャツ姿で、テーブルにつき、用意されたシチューを静かに口に運んでいる。

しなやかな長身に、長い手足。白皙《はくせき》の、鼻筋の通った、美貌《びぼう》といっていい顔立ちを、炎《ほのお》の如《ごと》き赤髪《せきはつ》が、妖《あや》しく飾《かざ》っている。

赤みがかった灰色《はいいろ》の鋭《するど》い目を、やおら、テーブルの向こう側にいる者へ向け、

「ノヴィア、少し、塩が多い気がするな」

「そうですか、ジーク様？」

と、自分も食事を口に運びながら、むすっとして返すのは、小柄《こがら》な少女である。

栗色《くりいろ》の髪《かみ》を溌剌《はつらつ》と束《たば》ね、青い法衣に身を包み、胸元《むなもと》を、聖性《せいせい》を身に宿らせることで力を得る〈銀の乙女《おとめ》〉の紋章《もんしょう》が飾っている。

その、旅暮《ぐ》らしにも白さを失わぬ滑《なめ》らかな頬《ほお》が、何かを堪《こら》えるように、紅潮《こうちょう》しており、

「美味《おい》しくないですか」

淡《あわ》い紫《むらさき》の目は茫々《ぼうぼう》と焦点《しょうてん》を定めず、物を見ていない。傍《かたわ》らには、盲目《もうもく》であることを示す、白木《しらき》の杖《つえ》が、立てかけられている。

「美味《うま》いが――少し、塩辛《から》い気がする」

「お下げしましょうか」

「いや――おい、チビ」

男が呼ぶと、テーブルの隅《すみ》でパンを齧《かじ》っていた、掌《てのひら》ほどの大きさのものが、顔を上げた。

女性形をした、妖精《ファアー》だった。金瞳《きんどう》に金髪《きんぱつ》、白いドレスの背から伸《の》びる金の羽を震《ふる》わせ、

「チビって言うなぁ、とんがり目の狼男《おおかみおとこ》！」

「パンを分けてくれ」

「嫌だよーだ。パンが無いと塩辛くて……」

言いさして、首をすくめた。

少女が、無言で席を立った。こつこつと杖を突《つ》き、台所でパンを切り、皿に盛って、

「どうぞ、ジーク様。アリスハートも」

むっつりと、テーブルに置く。少女がいない隙《すき》に、水を一息に飲んでいた男と妖精が、

同時に、音を立てぬよう、コップを置いた。

席に戻《もど》ったノヴィアの顔は、そっぽを向いている。しーんと部屋の空気が張《は》りつめ、そういうのが苦手なアリスハートが、

「あ……明日は晴れるかなぁ」

「曇《くも》りね」

「曇りだな」

「な、なんで分かるのさ」

「雨が引く気配《けはい》がするから」

「風が雨を宥《なだ》めている」

「あ……そう」

場を明るくしようとするのだが、黒雲漂《ただよ》う空気に縮《ちぢ》こまってしまう。この黒雲、もくもくとノヴィアの全身から湧《わ》き立っており、

「明日、任務《にんむ》に出る。お前達は、街にいろ」

ジークが言うや、その黒雲がぴかっと稲妻《いなずま》を発するのを、実際にアリスハートは見た気がしたほどであった。

「な……なんでですかっ！」

ノヴィアは激しくテーブルに手を叩《たた》きつけ、

「私、貴方様《あなた》の従士《じゅうし》です！　なのに、もう一月《ひと》近く食事しか作らせて貰《もら》ってません！」

「それも修行《しゅぎょう》だ」

「私、ジーク様が今、どんな任務でこの街に来たかさえ知りません！　前の街も、その前の街も、その前の前の街も、ジーク様が傷《きず》を負って帰って来るのを、待ってただけで！」

「お……落ち着いて、落ち着いて、ノヴィア、そんな、良いじゃん、楽なんだし」

「私、自分が情《なさ》けなくって……っ！」

唇《くちびる》を嚙《か》んでうつむき、アリスハートも、おろおろと宙《ちゅう》を舞《ま》うばかりであった。

そこへ、つと空《から》になったシチュー皿を出し、

「ノヴィア、お代わりを頼《たの》む」

ジークが、ぽつりと、言った。

これに、アリスハートが、ぎょっとなった。

本来、ノヴィアの料理は、見てくれはともかく美味《うま》いのだが、こればかりは、とてもこれ以上食う気になれぬ——まるで涙《なみだ》をそのまま煮込《にこ》んだかのような塩辛《から》さなのである。

アリスハートが、あわあわとおののくのも知らず、ノヴィアは目尻《めじり》を拭《ぬぐ》い、手探《てさぐ》りで皿を取ると、台所でシチューを盛ってきた。

その間、ジークは一滴《てき》の水も飲んでいない。

差し出されたシチューを黙々《もくもく》と平らげ、

「……美味かった」

その声が嗄《しわが》れて聞こえるのは、果たしてアリスハートの錯覚《さっかく》であろうか――

一方、はい、と返すノヴィアの声は、どうやら、幾分《いくぶん》か落ち着いたようであった。

ジークは、テーブルを離《はな》れ、左袖《そで》をまくった。上腕《じょうわん》から手首にかけて包帯《ほうたい》が巻《ま》かれており、それを解《ほど》くや、その下から現れたものに、アリスハートが再びぎょっとなる。もう何度も見ているのだが、どうにも慣れないのだ。

聖印《ハイリヒ》――聖法庁が管理する、様々な力をもたらす刻印《こくいん》である。普通《ふつう》、それは剣《けん》や鎧《よろい》などに刻《きざ》み込むもので、人体に施《ほどこ》すものではない。

今、アリスハートの目に映《うつ》るのは、複雑な刻印にびっしり覆《おお》われたジークの左腕《ひだりうで》だった。

堕界《だかい》への扉《とびら》を開き、死者の怨《うら》みをこの世に具現《ぐげん》するジークの力の、これが秘密《ひみつ》である。

腕の聖印《ハイリヒ》は、強い力を行使《こうし》するたびに出血するため、あちこち血がにじんでいる。

その様子が、アリスハートには烙印《らくいん》を思わせ、ぞっとしてしまうのだ。

ジークは、自分で新たな包帯を巻こうとするのだが、これが、なかなか綺麗《きれい》にいかない。

どうもジーク、案外に、不器用《ぶきよう》らしい。

「お手伝いしましょうか」

「……頼《たの》む」

目の見えぬノヴィアの方が、よほど手際《てぎわ》よく綺麗に包帯を巻いていくのであった。

「……私、お役に立てていますか」

「お前が触《ふ》れる物には、聖性がやどる、それが、俺《おれ》の強すぎる堕気《だき》を、中和してくれる」

「じゃあ……私を連れて行けば、戦いの最中に、強い堕気に命を奪《うば》われそうになっても、私の血を浴びれば、助かりますね」

「こ……っ、怖《こわ》っ、ちょっとノヴィアぁ」

「もう一度言ったら、その場で放《ほう》り出す」

「じゃ……せめて、聖法庁の人と任務の話をする時だけでも同席させてくだされば……」

「まだ駄目《だめ》だ」

「まだ、まだ、まだって、ジーク様……いつもそれで……いったい、いつまでですかっ」

ノヴィアはそのまま包帯をぎゅうぎゅう縛《しば》り上げるが、眉《まゆ》一つ動かさぬジークに、ぽつねんと手を離し、うつむきながら、杖《つえ》を手に取った。

「私達の宿《やど》に行きましょう、アリスハート」

「あ……うん」

「おやすみなさい、ジーク様」

「くれぐれも大人しくしていろ。命令だ」

と、釘《くぎ》を刺《さ》すような声が飛び、たまらず、

「わ……私が子供だからですかっ」

「未熟《みじゆく》だからだ」

「いやぁ……同じことのような」

「私の目が、見えないからですかっ！」

勢《いきお》い込むノヴィアに、ジークはぴしりと、

「俺が気に入らないなら、従士をやめろ」

これにはさすがのノヴィアも青ざめ、さっとドアを開き、何も言わずに飛び出した。

「お、お前ぇっ、そりゃ無いだろっ。冷血漢《れいけつかん》っ、狼男《おおかみおとこ》っ、ノヴィアが可哀想《かわいそう》じゃんかっ」

アリスハートが騒然《そうぜん》とノヴィアの後を追う。

それを見送ってから、ジークは淡々《たんたん》とドアを閉めた。それから、さっと足を速め、テーブルの水差しを手に取り、一気に飲み干《ほ》した。

ふうっと息をついて口元を拭《ぬぐ》い、締《し》め付けられた包帯を解こうとするが……果たしてノヴィアの思いが込められているゆえか、それとも、単にジークが恐《おそ》ろしく不器用なだけか、

「解けん」

珍《めずら》しく眉《まゆ》をひそめ、憮然《ぶぜん》とうつむいていた。

「私……母さんから受け継《つ》いだ力を……いつまでも使いこなせないで……この目さえ開けば、万里《ばんり》眼《がん》の力で、きっとジーク様も……」

「そんな……ノヴィアは、目が見えないんじゃなくて、目で見ないだけだよぉ。ノヴィアに、そんな力、要《い》らないよぉ」

「……アリスハートは、友達思いなのね」

「そうよぉ。あたしみたいな優《やさ》しい妖精《ファー》は、他《ほか》にいないんだからぁ」

「私……野良妖精だった貴女《あなた》とお友達になれて、本当に良かったな」

「野良違《ちが》うっ。妖精はもともと自由なのっ」

ノヴィアがくすっと顔をほころばせ、ようやくアリスハートも、ほっと息をついていた。

すぐ近辺にある修道院《しゅうどういん》への道すがらだった。

そこで、ジークとは別個に――つまり男女別々に巡礼者《ヴィータール》用の部屋を借りているのである。

「早く大人になりたいなぁ」

「急いでなることないじゃん。大人って面倒《めんどう》そうだし、どうせ、嫌《いや》でもなるんでしょぉ」

そうね、とノヴィアはくすっと笑《わら》って、

「あーあ、ジーク様も母さんと同じかぁ」

大きな声で言う。ふと、そこで、何となく疑念《ぎねん》が湧《わ》いた。そもそも、偉大な母に匹敵する人物の従士になることが、当初の目的なのである。そしてそれは満たされているのだ。

それなのに、何もかもが不安だった。その不安に苛《さいな》まれ、やけに苛立《いらだ》つのである。

そもそも、従士の分をわきまえるならば、色々と秘事《ひじ》の多い聖法庁の任務について、あまり詳《くわ》しくジークに問わないのが当然だった。

また、任務の場につれて行かないのも、今のノヴィアの目の状態を思えば当然といえた。

しかしそうした理屈《りくつ》も、荒立《あらだ》つ心には何の意味も生じず、

「私……心まで盲目《もうもく》になってるのかな」

思いつつ、どうにもならない。

「早く……大人になりたい」

その言葉が、全《すべ》ての答えのような気がした。

大人になる。目が開く。それで全てが解決する。けれども――いつまでたっても……

「じめじめするのって、嫌《きら》いだなぁ」

ふいに呟《つぶや》くのは、アリスハートだった。

　これは単純に、天気のことを言っていた。

　だがこの、いつでも明るさを失わぬ友達の言葉に、ノヴィアは心の底から感謝《かんしゃ》を覚えながら、そうね、とまた笑って同意した。

「明日は曇《くも》りかぁ……って、あれ？」

「どうしたの、アリスハート？」

「なんか……あっちの方から吹《ふ》く風が、妙《みょう》に——懐《なつ》かしいような……気がして」

「あっちって、どっち？」

「うーんと、教会が右にあるから、北かな」

「北——？　そういえば、修道院の人が、北に、精霊《ジーン》のいる泉《いずみ》があるって……」

「精霊の泉……？」

「もしかすると、貴女《あなた》がこの世界に招《まね》かれた場所なのかもしれないわね」

　途端《とたん》に、アリスハートが、どきっとなる。

「そ、そうかな。あたしの仲間がいるのかな」

　急にそわそわして、落ち着きがなくなった。

　その気配を察《さっ》して、ノヴィアがどこか翳《かげ》りのある微笑《びしょう》を浮《う》かべ、

「貴女と私の約束ですものね……貴女が自分の居場所を探すまで、友達でいるって」

「そ……そんな、それまでってわけじゃないよぉ。ノヴィアはずっと友達だってばぁ」

本気でうろたえたようなアリスハートに、くすっと笑った。なんとなく嬉《うれ》しかった。継《けい》承《しょう》した万里眼の力を使いこなせず、視界が闇《やみ》に閉《と》ざされた時も、それに耐《た》えられたのは、何よりアリスハートという友達の存在があったからだ——ノヴィアはそう固く信じていた。友達……。その魔《ま》法《ほう》の言葉を最初に口にしたのは、果たしてどちらだったろうか。


もう、二年も前のことになる。

ノヴィアはそのとき、泣いていたことを覚えている。目に涙《なみだ》を溜《た》めるのではなく、心の中で泣いていた。なぜか。またその土地を離《はな》れなければならなかったからだ。

偉《い》大《だい》な母——万里眼のフェリシテの力を望む者は、大陸中にいた。同じ地に留《とど》まることは滅《めっ》多《た》になく、自分はただ戦う母の後をついて歩くだけだった。多くの土地、人々、景色を見せてくれた母だったが、友達を作る機会だけは、与《あた》えてくれなかった。

母自身、母親として接してくれているというよりも、いつか自分の力を継承する弟《で》子《し》を育てている感じだった。人々も、母の娘《むすめ》というだけで親切にしてくれたが、ノヴィアの求める温《あたた》かさは、与えてはくれなかった。

街の修道院や教会で出会う同い年の子供達も、多くはノヴィアのことを偉《えら》い人の娘という風にしか、見てくれない。しかしそれでも、中には親しくなってくれる者達もいたが、母の次の任務が、ノヴィアと彼らを引き離した。

どれだけ多くの人々と出会えようとも、ノヴィアは、常に世界でたった一人だった。

出発は明日――。もう何度と無く経験《けいけん》し、涙を流すことさえ無くなった思いを抱《だ》いて、ノヴィアは一人、郊外《こうがい》の森を歩いていた。

そして、何かの気配を察して森の中へ入り込み、たまらない淋《さみ》しさを紛《まぎ》らわすようにして歩き続けた末に――突然《とつぜん》、見付けたのだ。

金色に輝《かがや》くものを。最初は鬼火《おにび》のようにも見えたが、何の危険も感じなかった。それどころか、その輝くものがしきりと訴《うった》えかけ、自分を招いたのだとさえ思った。だから、何の警戒《けいかい》も無く近づき、そして、訊《き》いていた。

「あなたも、淋しいの……?」

その問いが、はっきりと何かの力を発揮するのが分かった。――途端《とたん》、輝くものは瞬《また》く間に形を得て、金色の妖精《ファー》の姿となって、ノヴィアの掌《てのひら》に舞《ま》い降りたのだった。

呆気《あっけ》に取られながらも、名前は、と訊いた。

アリスハート、というのが答えだった。

どこから来たのかと訊くと、分からないと言う。分からないまま彷徨《さまよ》い、疲《つか》れて眠《ねむ》って

いたのだと、金色の妖精は泣きながら言う。

「私、ノヴィア。私も迷子みたいなものよ」

そう告げるノヴィアを、妖精は不思議《ふしぎ》そうに見つめた。それから日が暮れるまで、森を歩きながら、互《たが》いのことを話し合った。

そして森を出るとき——ノヴィアが言った。

「私の母さん、あちこち巡《めぐ》り歩くから、貴女《あなた》の来た場所も、見つかるかもしれないわ」

「……それって、あたしも一緒《いっしょ》に行くってこと？」

「そうよ。私と一緒に行かない？」

ノヴィアはどきどきしながらそう言った。妖精も、どきどきしながら大きくうなずいた。

友達になろう——それが、二人の魔法《まほう》の言葉だった。どちらが先にそれを口にしたかは覚えていない。ただ、二人とも、それを先に言ったのは自分だと思っていた。

「行ってみましょうか、その泉に。貴女が懐《なつ》かしさを感じるなら、行ってみるべきだわ」

「い、一緒に行ってくれるの？」

おどおどしながらアリスハートが訊き直す。

今まで、ノヴィアと共に色々な地に行き、自分によく似た精霊《ジーン》にも何度か出会ったのだが、全《すべ》てが手痛い体験となっていたのである。

精霊達は同種族以外を、極端《きょくたん》に嫌《きら》う。時にはアリスハートを敵《てき》だと思って攻撃《こうげき》してくるものさえいて、そのたびに、アリスハートは、ずいぶんと傷《きず》ついてきたのだった。

「どうせ、ジーク様が戻《もど》るまで、何もやることが無いもの。明日は、貴女の故郷《ふるさと》巡りよ」

「ま、まだ故郷と決まったわけじゃないけど……。それにしてもノヴィアの行動力ったら、妖精のあたしでさえ敵《かな》わないのよねぇ。お陰《かげ》であたしも色々な所に行けて、良いわぁ」

「あら、羽がある貴女には、勝てないわよ」

「いくら羽があって自由に飛べても、独りぼっちは怖《こわ》くて寂《さび》しいだけだよぉ」

アリスハートの言葉に、ノヴィアもうなずいた。今、友達とは何か、と問われれば、ノヴィアはこう答えるだろう。それは、大人になるために通る真っ暗な道を、そっと照らしてくれる、灯《あか》りのようなものだと。

お互《たが》いの道を照らし合う、小さな灯りだと。

夜更《ふ》けて、ジークの部屋を、教会の教父が訪《おとず》れていた。足が不自由らしく、身を傾《かたむ》けるようにして歩み寄り、ノックをしつつ、

「入るぞ」

言うや否《いな》やドアを開け、きょとんとなった。

「何をやっとるんだ、ジークよ」

「……手伝ってくれ」

「うわっ、お前、手が真っ青じゃないか」

「解けん」

「解けんって……切ったらどうだ」

「折角《せっかく》巻いてもらった。勿体《もったい》ない」

「…………？　何が勿体ないんだか」

教父が呆《あき》れたように結び目に手をかけ、力を込めると、不思議なくらいあっさりと解けた。そのまま、ちょうど良い程度に結び直す。

「ところでお前の従士……な、昼に、また来たぞ。ジークはどこへ行った、何しに行ったと、まるで親鳥を呼ぶ雛《ひな》のようでなぁ。お前に口止めされて、何も言わなかったが……」

そこで、この教父、にやりと笑って、

「可愛《かわい》いもんだなぁ、おい。お前がまた従士をつれるとはな。いやいや、包帯一つ解けん男が、よく従士無しでやってこれたもんだ」

「——ノヴィア達は、どうしてる」

「大人しくしとると、修道院長から聞いとる。お前、あんな可愛い従士が居たら、死ぬに死ねないだろう。な、な？」

気さくにジークの背を叩《たた》きまくるこの教父、かつてのジークの戦友であるという。

ジークは、それ以上、取り合わず、

「あいつの消息は、確かだな――？」

本題を切り出すと、急に教父も真面目《まじめ》に、

「やつは、ノクターナの街に入った後、姿を消した。ラグネナイの泉で……な。追撃《ついげき》した騎《き》士《し》団《だん》も、俺《おれ》の部下も、全《すべ》て、消えおった」

「ラグネナイの泉か」

「あの泉とお前では、相性《あいしょう》が悪い、が……今、やつを追えるのは、お前だけなんだ。この足でなきゃ、俺も、一緒《いっしょ》に行きたいが……」

言って、教父が右足をさすった。膝《ひざ》から下が無く、代わりに、木製の義足《ぎそく》が生《は》えていた。

「なに、百の戦場を生還《せいかん》し〈戦場の真理《ヴァールハイト》〉の称号《しょうごう》を得たお前だ。可愛い従士もいる。たとえ相手が昔の親友だからといって……みすみす、やられることはないと、俺は信じとる」

ジークはうなずき、そっと腕《うで》の包帯に触《ふ》れ、

「死ねない理由が、増えるばかりだ」

相変わらず憮然《ぶぜん》としたまま、呟《つぶや》いていた。

霧《きり》の濃《こ》い朝だった。弁当を携《たずさ》え、ピクニック気分で出かけたノヴィアとアリスハートの頬《ほお》を、ひんやりとした空気が撫《な》でてゆく。

ノクターナの街に入った途端《とたん》、やけに、しんとした空気が辺りを包んでいた。

人口数百人程度の小さな街だが、様々な薬草の栽培《さいばい》をし、名の知れた薬法士《ヒースラー》などもいて、帰り際《ぎわ》にジークのための薬を買おうと思っていたのだが、どの店も軒並《のきな》み閉まっている。

「もっと活気があると思ったのに……」

「なんか、みんなで夜逃《よに》げしたみたい」

自分達の声が、陰々《いんいん》と路地にこだまする様に、二人とも何だか薄気味《うすきみ》悪《わる》くなってくる。

「泉の場所を訊《き》きたかったんだけど……」

「あ、看板《かんばん》があるよ、ノヴィア」

アリスハートがすいっと飛んでゆく気配を追って、ノヴィアが杖《つえ》を突《つ》きつつ進む。

と――ふいに水たまりを踏《ふ》み、慌《あわ》てて足を引いた。

「変ね……水の気配なんか無かったのに」

道のところどころに大きな水たまりがあるらしい。水を避《さ》けていると、ふと、道沿いの、開けっ放しの店の窓口に手を触れていた。

「水浸《びた》し。そんなに強く雨が降ったかしら」

そっと手を滑《すべ》らせると、そこに置かれた商品らしい、様々な草葉もすっかり濡《ぬ》れている。

「ノヴィアぁ、泉の場所分かったよぉ」

その声で、奥《おく》に伸《の》ばしかけた手を引っ込め、

「今行くわ」

そのとき、店の中一杯に満ちる水が、鈍《にぶ》い光を放ちながら密《ひそ》かに揺《ゆ》らめいたが、目の見えぬノヴィアは、それに気づかなかった。

麦畑の畦《あぜ》道を通ると、そのすぐ先は苔生《こけむ》す森だった。岩肌《いわはだ》にびっしりと苔が密生しているお陰《かげ》で、かえって足が滑らずに済《す》んだ。

「川が無いのに、こんなに潤《うるお》ってる……きっと湧《わ》き水が出るのね」

呟《つぶや》くが、アリスハートには聞こえておらず、しきりに辺りをきょろきょろ見回している。

「ねぇ、何か、気配する？　精霊《ジーン》とか……もしかすると、妖精《ファー》とか」

「……あちこちに、何かの気配を感じるわ。でも変ね……精霊《ジーン》は、妖精《ファー》と違《ちが》って、招かれた場所から遠くには行けないのに。さっきの街と同じような気配がするなんて……」

「じゃ、じゃあ……妖精《ファー》……かな」

ノヴィアには何とも答えられなかった。

そのまま岩道を進んでいると、ふいに開けた場所に出るのが空気の変化で分かった。かと思うと、杖《つえ》が何かに当たった。手で触《ふ》れると、岩壁《いわかべ》が、行き止まりを告げている。

ノヴィアが、見えぬ目を丸く見開き、

「地面の気配を読み損《そこ》なったかしら。壁がある感じなんか、しなかったのに……」

声が、尻《しり》すぼみに消えていった。

ふいに、ノヴィアは続けて気配を読み損なったのを悟《さと》った。今度はもっと身近な気配を。

たった今まで居たはずなのに……

「アリスハート?……どこ?」

声が岩場に反響《はんきょう》し、隠々《いんいん》と消えてゆく。

返事は無く、代わりにひときわ冷たい濃霧《のうむ》の感覚が来た。肌《はだ》に水の粒子《りゅうし》がまとわりつき、杖を握《にぎ》る手をうっすらと濡《ぬ》らしてゆく。

アリスハートを呼ぼうとして、ノヴィアの喉《のど》が、ごくっと鳴った。突然《とつぜん》だった。アリスハートではない誰《だれ》かの気配が起こっていた。

誰かが居る。二、三歩離《はな》れたすぐそこに、じっと黙《だま》って誰かが立っている。ノヴィアの背中を、ふいに冷たいもので撫《な》でられたように恐怖《きょうふ》が滑《すべ》り落ちていった。

「ノヴィアちゃん」

その誰かが——言った。

「私が見える？」

愕然《がくぜん》と凍《こお》りついた。よく知っている声だった。しかも、もう二度と聞くことが無いと思っていた声——そう思った途端《とたん》、心の中に何かがするりと入って来たような衝撃《しょうげき》が起きた。

「いやっ！」

目に、光がにじんだ。自分の意志とは無関係に、閉《と》ざされていたはずの視覚が、こじ開けられてゆくのだ。目が更《さら》に物を映《うつ》し出し、

「せっかく授《さず》けた力を、そんな風に閉ざしていてはいけないわ……ノヴィアちゃん」

「いやっ、やだぁっ！」

慌《あわ》てて手で顔を覆《おお》いかけた刹那《せつな》、目に相手の姿が飛び込んできた。一瞬《いっしゅん》で目が離せなくなった。指一本動かせぬほどの恐怖に囚《とら》われながら、震《ふる》える声音《こわね》が、自然と零《こぼ》れていた。

「母さん……」

紫《むらさき》の目を持つ、万里眼《ばんりがん》の天使——。ノヴィアと同じ栗色《くりいろ》の髪《かみ》に、艶《つや》やかな青い法衣をま

とった母が、静かにこちらへ歩み寄る。

「来ないでっ！」

訳が分からなかった。恐怖と——やるせない怒《いか》りが吹《ふ》き荒《すさ》んでいた。それまで心の底に封《ふう》じ込めておいたものが、一挙《いっきょ》に噴《ふ》き出してゆく。いや——暴《あば》かれてゆくのだ。

(偉《い》大《だい》であるというだけで、全《すべ》て許されると思っているのか)

他《ほか》ならぬ自分の心の奥底《おくそこ》から、そういう思いが込み上げてくることへ、呆然《ぼうぜん》となった。

(挙《あ》げ句《く》の果てに、自分を一人置いて死んでしまった。あんなに危険な戦いはしないでって言ったのに。自分一人の頼《たの》みよりも、大勢の人の頼みの方を聞いて死んだ母さんから、何も受け継《つ》ぎたくない。寂《さび》しさしか残してくれなかったくせに、万里眼の力が母子の絆《きずな》なんて言うなら、そんな力、一生使わない)

「いやっ、やめてっ！」

誰かが——何かが、自分の心の一番弱い部分を正確に貫《つらぬ》き、こじあけ、潜《もぐ》り込んでくる。そのおぞましさに、ぞっと肌《はだ》が粟立《あわだ》った。母への想《おも》いと憎《にく》しみが同時に暴き立てられ、自分が心の底では母を憎んでいたのだという事実が、恐《おそ》ろしい衝撃となって心を揺《ゆ》さぶった。

「見えないことは、怖《こわ》いでしょう？」

母の冷たい手が、杖《つえ》を握《にぎ》る手に触《ふ》れてきた。

「目を開けば怖くなくなるわ。こっちへ……母さんが抱《だ》いてあげるから」

「いやっ。絶対にいやっ！」

慌《あわ》てて手をふりほどくが、なおも母が手を伸《の》ばしてきた。いや、母では無い何かが、自分を取り込み、押《お》し包もうとしていた。

もがいた拍子《ひょうし》に、その場に転倒《てんとう》し、母が覆《おお》い被《かぶ》さってきた。そのとき——

（見えないのは怖い）

誰かの声が、ノヴィアの脳裏《のうり》に響《ひび》いた。

（俺だって怖い。その怖さに耐《た》えてまで目を塞《ふさ》ぐのも一つの勇気だ）

自分に、そう言ってくれた声——

（いつかまた大切な物、見たい物が見つかるまで、目を塞いで生きるのも良い）

まだ、従士になる前に、自分にそう言ってくれた、ジークの声が脳裏に甦《よみがえ》るや、ノヴィアの心に決然とした抵抗《ていこう》の思いが湧《わ》き出した。

止めるのだ。自分の中に入って来ようとするこれを止めなければならない、荷袋《にぶくろ》を慌てて探《さぐ》った。慌てて探り当て——鞘《さや》から抜《ぬ》いた。

果物ナイフの刃《は》が母の腕《うで》を水のように切った。なんの手応《てごた》えも無く、刃はそのまま相手の首を切り裂《さ》き、母の首は人形のように後ろに倒《たお》れ、ぷっつりと裂《さ》けて地面に落ちた。

「そんなに憎いの？　ノヴィアちゃん……」

地面に落ちた母の首が、笑った。

「やぁっ！」

「さぁ、私を……母さんを見て……その目で母さんを見て……」

「要《い》らない……。こんなもの、要らない！」

叫《さけ》んだ。ナイフを握りしめ、その切っ先を、自分の右目に向けて振《ふ》るった。刃の鋭《するど》い光が、自分の目に永遠《えいえん》の闇《やみ》をもたらす瞬間《しゅんかん》――

その刃の尖端《せんたん》が、自分の目ではない何かに、鋭く突《つ》き刺《さ》さっていた。かと思うと、しっかりと誰かの手がつかんで止め、

「離《はな》してっ、離してぇっ！」

涙《なみだ》を流しながら暴れる――と、いきなり、頬《ほお》をもの凄《すご》い力で引っぱたかれた。

「泣くな！　涙がやつらを招く！」

はっと力が抜けた。呆然《ぼうぜん》となった。いつの間にか母の姿が消え、代わりに――男がいた。

手にしたナイフの何倍も鋭い顔立ち。厳《きび》しさに満ちた目。燃え立つような赤髪《せきはつ》――それらが断片的《だんぺんてき》に、ぼんやりと視界に映《うつ》り、

「ジーク……様……？」

その途端《とたん》、こじ開けられていた心が再び閉《と》ざされ、視界が元の暗闇《くらやみ》に落ち込んでゆき、男の顔を自分の目から隠《かく》し込んでしまった。

かと思うと、いきなり抱《だ》き上げられた。慌《あわ》ててその首にしがみつく。ふわっと体が浮《う》いた。ジークが跳《と》んだのだ。なんと軽《かろ》やかな跳躍《ちょうやく》か。あっという間にその場から走り去る様は、まるで風に連れ去られていくようだった。

「ラグネナイの精霊《ジーン》達だ。人の心を読む力を持ち、人の魂《たましい》に慰《なぐさ》めを与《あた》える――」

ジークが言った。ノヴィアを抱《かか》えて走りながら、息一つ切らさない。その腕《うで》の温《あたた》かさを感じていると、ふいに走るのをやめ、荷物でも下ろすみたいにノヴィアを地に立たせた。

「なぜ、ここに来た」

「あの、私達、妖精《ファー》の泉を探して……」

「何も伝えなかったことが、裏目《うらめ》に出たか」

強《きつ》い声音《こわね》に、思わずびくっとなったが、

「怪我《けが》はないか」

その一言で、急に、ジークが自分のことを心配してくれているのが、伝わってきた。

「あ……ありません」

胸がとくんと跳《は》ねた。心をこじ開けられたせいで感情が揺《ゆ》れやすくなってる感じがした。

「あの……ここはどういう場所なんですか？」

どきどきする鼓動《こどう》を抑《おさ》えるように、訊《き》いた。

「ラグネナイの泉だ。聖法庁によって葬儀《そうぎ》を禁《きん》じられた死者を、水葬《すいそう》にする場所だ」

「葬儀を禁じられた……死者？」

「自殺《じさつ》者だ。自殺は聖法庁の定める大罪《たいざい》の一つで、埋葬《まいそう》が許されない。ラグネナイの泉は、自殺者を葬《ほうむ》ることの出来る数少ない場だ」

言い伝えでは、最初に泉に身を投げた娘《むすめ》の魂《たましい》が、精霊を招き出し、以後、精霊は自殺者達の遺体《いたい》を泉の底に沈《しず》ませ、その救《すく》われざる魂を慰《なぐさ》めるという。そして、ノクターナの街の住人とは、そのほとんどが、泉に葬られた者達の、遺族なのであった。

「自殺……私、もう少しで自分の目を――母さんを……一番大事な存在なのに……」

「泣くな。人の涙《なみだ》がやつらに力を与《あた》えるんだ。敵を倒《たお》すまで――その涙、飲み込め」

「敵……ですか？　泉の精霊が――？」

「今はもう、招かれた使命を忘れ、生きた人間の魂の味を覚えた――邪霊《じゃれい》だ。ノクターナの住人は、既《すで》に全滅《ぜんめつ》していた……」

そこでふとジークがノヴィアの頬《ほお》を撫《な》でた。

「赤くなっている……強く叩《たた》きすぎた」

ふいに血の臭《にお》いが鼻を突《つ》き、ノヴィアは、自分が振《ふ》るった刃《やいば》が何を刺《さ》したかを悟った。

「ジーク様、私……ジーク様の手を……」

「気にするな。剣《けん》を握《にぎ》るのに支障は無い」

ジークが言って、果物ナイフの血を拭《ぬぐ》い、ノヴィアの荷袋《にぶくろ》に入れてやる。それから、

「自棄《やけ》になるな。道は必ず、見つかる」

何もかも察してくれているような言葉に、思わずまた別の涙が込み上げ、ノヴィアは震《ふる》えながら、それをこらえるのだった。


「なんでこんなの見せるのさぁ……」

アリスハートが涙を零《こぼ》しながら言った。

その目の前に、軽《かろ》やかに舞《ま》う妖精《ファー》の群の姿があり、想像していた通りの村があった。

常春《とこはる》の村、花が咲《さ》き乱《みだ》れ、金に輝《かがや》く者達の誰もが、自分を温かく迎《むか》え、決して傷つけようとはしない場所――

「全部インチキじゃないかぁ……」

アリスハートが手を触《ふ》れようとすると、何もかもが透《す》き通って消えてしまう。自分が心

から望むものがすぐ目の前にあるのに――

「やはり、妖精には魂《たましい》が無いから、触れられるほど実体化させるには力が足りないのね」

そう告げたのは、一人の女性だった。ノヴィアとはぐれた後で、森の中で出くわし、

「貴女《あなた》と、同じ姿をした妖精が、いるわ」

そう囁《ささや》かれ、ここまで連れて来られたのだ。

「魂が無いって、何さぁあ、嘘《うそ》つきぃい」

アリスハートが泣く様子を、女性が静かに見つめている。長い蜂蜜色《はちみついろ》の髪《かみ》に、白亜《はくあ》の肌《はだ》を持つ美貌《びぼう》の女だった。濡《ぬ》れたような目が、憂《うれ》えるような眼差《まなざ》しを深くたたえている。

「貴女も私も、エインセルなのよ――」

「……エイン――セル？」

「〞自分自身〟という意味……。招かれた使命から解き放たれ、自由意志を持ったけれども……人間のように魂を持つことはなく、孤独《こどく》に彷徨《さまよ》い続ける者達……」

「そ……そんなこと言うために、あたしをここまで連れてきたのぉっ？」

「違《ちが》うわ……貴女もまた、逆巻《さかま》く〈刻《とき》〉の渦《うず》を起こす、鼓動《こどう》の一つだから……あ、の方が目指す、理想の地への階段《きざはし》……」

その途端《とたん》、切り裂《さ》くような声が飛んだ。

「チビっ、そいつから離《はな》れろっ！」

「チビって呼ぶなぁっ――って、何で狼男《おおかみおとこ》がここに？　ノヴィアも？」

慌《あわ》てて飛び去るアリスハートを追うようにして、ゆっくりと、女が振《ふ》り向いた。

はっとジークが息をのんだ。滅多《めった》なことでは眉《まゆ》一つ動かさないジークの突然《とつぜん》の動揺《どうよう》が、傍《かたわ》らのノヴィアにもはっきりと伝わってきた。

「シーラ……」

ジークの声に――艶《つや》やかな女の声が返した。

「来たのね……ジーク」

一瞬《いっしゅん》だった。その女性の姿が、閉《と》ざされていたはずのノヴィアの目に映り込んでいた。綺麗《きれい》だと思った。素直《すなお》な感想だった。自分が大人になろうとして抱《いだ》く理想の姿、雰囲気《ふんいき》、面立《おもだ》ちを、全《すべ》て兼《か》ね備《そな》えたような女性だった。

その輝《かがや》くような女性の姿が心に焼き付き、一瞬で視界が暗転した。また心をこじ開けられたのかと思ったが――違う。自分自身が強く相手の姿を見たがったのだ。それが分かった。ジークが呼んだ女性――まるで恋人《こいびと》を呼ぶような声で、その名を口にした女性の姿を。

「胸が痛いわ……ジーク……とても痛いの」

女の胸がひとりでに裂《さ》けた。鮮血《せんけつ》が溢《あふ》れ、その白い衣を見る間に真《ま》っ赤《か》に染《そ》めてゆく。

「うわわわっ、血っ、血ぃっ？」

「どうして私を殺したの……ジーク」

その一言で、ノヴィアとアリスハートが、愕然《がくぜん》となる。途端、凄《すさ》まじい怒気《どき》が、ジークの身に凝縮《ぎょうしゅく》した。ノヴィア達が、言葉一つ出せなくなるほどの迫力《はくりょく》だった。

「その姿……俺の心を読んだか、それとも、あいつの――ドラクロワの、入れ知恵《ぢえ》か！」

どん！　シャベルを地面に突《つ》き立てた。その柄《え》が回転し、歯の部分から現れた第二の柄《つか》を握《にぎ》りしめ――鋭《するど》く輝く銀剣《ぎんけん》を抜《ぬ》き放ち、

「黒印騎士団《シュワルツ・リッター》として、貴様らを殲滅《せんめつ》する！」

常に無い勢いで、ジークが、叫《さけ》びを上げた。

「泉の水憂い乙女《ウンディーネ》達が、お相手するわ」

女の流れる血から、真っ赤な女性形をした水の精霊《ジーン》達が、続々と姿を現し、

「あの方が授けてくださった剣――」

女の掌《てのひら》から刃《やいば》が生え、するすると伸《の》び、一振《ふ》りの剣となって女の手に握られ、

「ラグネナイの涙《なみだ》――」

それが、剣の名らしかった。柄も刃も、水晶《すいしょう》のように透《す》き通った剣であった。

「ジーク……地属の〈招く者《レギオン》〉に、水属の精霊《もの》が倒《たお》せると思っているの？」

ジークは答えず、左手に電光を迸《ほとばし》らせ、

「ジーク・ヴァールハイトが招くっ！」

刹那《せつな》、女が、手にした剣で、地面を一文字に斬《き》った。なんと、斬られた地面から滾々《こんこん》と水が湧《わ》き出《い》で、瞬《また》く間に地を覆《おお》ってゆく。

地面に叩《たた》きつけられるはずのジークの左手が、水面を叩いていた。稲妻《いなずま》の輝きが水に弾《はじ》き返され、左腕《ひだりうで》が爆《ばく》発《はつ》したように吹《ふ》き荒《すさ》び、

「ジーク様っ!?」

「わわわっ、なに、なんなのっ？」

「逃《に》げろっ……ノヴィアっ！　チビっ……！」

叫ぶジークの左腕から、鮮血《せんけつ》が噴《ふ》いた。

「な、何よぉっ！　早くいつもみたいに化け物の軍団を呼びなよぉおっ！」

ノヴィアが辺りの気配を察し、はっとする。

「水――。水のせいで、招けないんだわ」

「そそそ、そんなぁああ！」

女が走り、その刃が、空を切って振り下ろされるや、ジークが素早《すばや》く迎《むか》え、打ち払《はら》った。

剣戟《けんげき》の音が響《ひび》き渡《わた》り、続けて、左右から、真紅《しんく》の水精達が、その両手を槍《やり》のように尖《とが》らせ、攻《せ》め寄せる。転瞬《てんしゅん》、ジークの銀剣《ぎんけん》が迅《はし》り、水精達の頭部を、肩《かた》を、斬《き》り割っていた。

剣を握《にぎ》るジークの掌の傷から血が零《こぼ》れるが、ジークは歯をくいしばって、声一つ上げない。

「水が貴方《あなた》の力を奪《うば》うわ……倒れなさい——そして、ラグネナイの涙に溺《おぼ》れなさい……」

女の言葉通り、ジークの動きが鈍《にぶ》くなってゆくのがアリスハートの目にも明らかだった。

「こ、このままじゃ、やられちゃうよぉ」

ノヴィアがびくっとなった。気づけば、くるぶしまで、水に浸《ひた》っていた。言われた通り逃げなければ——足手まといにだけはなりたくない。そのためには逃げるしかない。ジークを置いて……涙が込み上げ、慌《あわ》てて耐《た》えた。

そのとき、ある考えが閃《ひらめ》いた。地面から招く——。はっとなった。思わず叫《さけ》んでいた。

「ジーク様っ！　こっちです！」

ノヴィアは必死で地面の気配を探《さぐ》るや、杖《つえ》さえ突《つ》かず、ほとんど走り出していた。

「えええっ、ノヴィアが……走ってる!?」

アリスハートが愕然《がくぜん》と追う。すぐさま水面から脱《だっ》し、乾《かわ》いた地面を蹴《け》り続けた。真っ暗な視界の向うから、いつ何かに激突《げきとつ》するか分からない恐怖《きょうふ》が襲《おそ》ってくる。だがここで走れなければ、従士の意味も、ジークの側《そば》にいる資格も無かった。精一杯《せいいっぱい》の勇気で地面を蹴り続け、ついに目的の気配を探り当てた。

最初に、迷い込まされた場所――

ジークが、素早く走り込んで来た。そのまま岩の壁に背を打ち付けるようにして、止まった。その息が荒《あら》く、にわかに声も出ない。

「……って、行き止まりじゃんかぁあ！」

アリスハートの絶叫《ぜっきょう》が、辺りにこだました。

しかも、窪地《くぼち》である。追いすがる女が、

「逃《に》げても無駄《むだ》よ！」

素早く地面を斬るや、水が溢《あふ》れ出し、いったんは水面から逃《のが》れたものの、あっという間に、今度は膝《ひざ》まで、水が溜《た》まってゆく。

女の背後から、水の精霊達《ジーン》が、血の紅《あか》さを振《ふ》り零《こぼ》し、金切り声を上げて、殺到《さっとう》してきた。

ジークは深く呼吸し――息を整え、言った。

「お前には……助けられている。ノヴィア」

ノヴィアが、何かを言い返す間もなかった。

「ジーク・ヴァールハイトが招くっ！」

空気を引き裂《さ》く雷花《らいか》の輝《かがや》きが起こり、その左手を、激しく背後の岩壁に叩《たた》きつけていた。

「あ……地面だ」

アリスハートが、我に返ったように呟《つぶや》く。

「そんな、か……壁《かべ》から……」

女が、目を見開き、愕然《がくぜん》と凍《こお》りついた。

「絶望《ぜつぼう》の魂《たましい》よ！　冥刻星《プラートー》の連なりの下《もと》、哭魔《こくま》ブラスフェミーとなりて我《わ》が敵に雪崩《なだ》れ込め！」

刹那《せつな》、壁一面に稲妻《いなずま》と風が吹《ふ》き荒《あ》れ、丸い風船《ふうせん》のようなものが、続々と現れ出た。

赤黒い、巨大《きょだい》な蚤《のみ》のような姿で、水の上をぴょんぴょんと跳《は》ねたかと思うと、

「地……地属の者が、私達に敵《かな》うものかっ」

女の声とともに、真紅《しんく》の精霊達の手足が鋭《するど》い刃《やいば》と化し、現れたばかりの丸っこい魔兵達を次々と刺《さ》し貫《つらぬ》いては水面に沈《しず》ませていった。

「ぜぜぜ、全然駄目《だめ》じゃん！」

哭魔《ブラスフェミー》どもの悲痛な声が、響《ひび》き渡《わた》る、と——

「身も心も溶《と》け合い、侵《おか》そうとする水属の精霊《ジーン》に対し、有効な戦術は、ただ一つ……」

ジークが、すっとその剣《けん》を掲《かか》げ、

「牡羊座の陣《マルキダエル》──すなわち、自爆戦術だ」

ひゅん。剣が空を切る。それを合図に、哭魔《ブラスフエミー》達が、嘆《なげ》きの声とともにかっと光を放ち、なんと一挙に爆発《ばくはつ》した。片端《かたはし》から轟音《ごうおん》が鳴り響き、粉々に吹き飛ばされる精霊達もろとも、盛大《せいだい》な水しぶきが上がった。

「貴様らを信じ、死者の魂の慰《なぐさ》めを託《たく》すしかなかったノクターナの住人の慟哭《どうこく》だ……」

慌《あわ》てて爆発を避《さ》ける女に向かって、ジークが剣尖《けんせん》を構《かま》えるや、水を跳《は》ね上げ、疾走《しっそう》した。

「ひ、ひいっ……！」

女は、咄嗟《とっさ》に身構えたが──遅《おそ》かった。

ジークが振《ふ》り上げた剣は、そのまま女の身を、その剣ごと真っ二つに斬《き》り下ろしていた。

女は、右肩《みぎかた》から腰《こし》まで斜《なな》めに両断され、

「貴女《あなた》には……涙《なみだ》が無いの……ジーク」

ジークは無言で刃《やいば》を返し、更《さら》に女を真横に両断した。女の姿は見る間に崩《くず》れ──水の塊《かたまり》となって、飛沫《ひまつ》を上げて水面に消え落ちた。

女の剣の破片《はへん》が、ジークの足下《あしもと》に沈《しず》み、

「一度でも血を流すことを選べば──二度と、涙は流せない……」

その透明《とうめい》な剣尖を、更に足で踏《ふ》み割った。水が瞬《また》く間に引き、乾《かわ》いた地面が現れる。

「そうだろう……ドラクロワ」

呟《つぶや》きが、水とともに地面に吸い込まれていった。

それから——つと、顔だけ振り向かせて、

「今度から、話にだけでも、同席させるか」

岩壁《いわかべ》のそばのノヴィアを見やり、なんとなく撫然《ぶぜん》として、口にしていた。


「強くなりたいなあ……」

ジークの気配を遠くに感じながら、呟いた。

「早く大人になりたい」

脳裏《のうり》に、あの女性の姿が浮《う》かんでいた。ジークがシーラと呼んだ——大人の女性の姿が。

「焦《あせ》ること無いよぉ。あたしの故郷《ふるさと》探しも、まだしばらく、続くみたいだし……さ」

「そう、ね……。ねぇ——アリスハート。貴女《あなた》、死にたいと思ったことある？」

「うぇえ？　な、なに、いきなり？」

「訊《き》いてみただけよ」

「ノ、ノヴィアは……あるの？」

「さあ……」

「死んだら大人になれないじゃんかぁ」

ノヴィアは、くすっと笑った。

「それもそうね」

そして、声をひそめ、こう訊いていた。

「ね……ジーク様って――どんな顔なの？」

アリスハートの、立て板に水の如き罵詈《ばり》雑言《ぞうごん》が、しばらく続いた。

第四話　グノーの祈り

朝の透明《とうめい》な日差しのもと、砂色の馬車道を北へと踏《ふ》みゆく一行が、いた。

一行と言っても、傍目《はため》には二人しかいない。

一人は、しなやかな長身の男であった。

鮮《あざ》やかな赤髪《せきはつ》が、美貌《びぼう》と言って良い顔立ちを飾《かざ》っている。ボロボロの白外套《しろがいとう》に黒革《くろかわ》の鎧《よろい》、頑丈《がんじょう》一点張りの赤籠手《あかごて》という戦闘装束《せんとうしょうぞく》だが、その肩《かた》に担《かつ》ぐのは、実に戦いとは無縁《むえん》そうな、ひと振《ふ》りの、巨大《きょだい》な銀色のシャベルである。

やや遅《おく》れて、男の傍《かたわ》らを、男の背丈《せたけ》の半分にも満たなさそうな少女が、共に歩んでいる。

さっぱりと束《たば》ねた栗色《くりいろ》の髪《かみ》、淡《あわ》く透《す》き通る紫《むらさき》の双眸《ひとみ》、旅暮らしにも白さを失わぬ滑《なめ》らかな頬《ほお》が、日差しを受け、爽《さわ》やかな輝《かがや》きを帯《お》びている。その青い法衣の胸元《むなもと》には、聖性《せいせい》を力とする〈銀の乙女《おとめ》〉の紋章《もんしょう》が飾られてあった。

盲目《もうもく》であることを示す白木《しらき》の杖《つえ》で道を探《さぐ》り、男の足音を頼《たよ》りに道を進んでいる——と、

「楽しみよねぇ、ノヴィアぁ」

明るい喚《わめ》き声が、二人の間で上がっていた。

声の主は、男でも少女でもない。

少女の肩先で、二対《つい》の金色の羽を震《ふる》わす、掌《てのひら》ほどの大きさの、妖精《ファアー》であった。金髪金瞳《きんぱつきんどう》、

女性形をした身に白いドレスをまとい、

「故郷《ふるさと》かぁ。懐《なつ》かしい故郷、良いわねぇ」

元気良く小さな手足を振り回して言う妖精に、少女はちょっと困ったように微笑《びしょう》し、

「そうね、アリスハート。楽しみ、ですね……ジーク様。どんなところなんですか？」

男の気配《けはい》をうかがうように訊《き》くが、

「大して何も無いところだ」

男の口調は淡々《たんたん》として、内心が知れない。

「なに照れてんのよぉ、狼男《おおかみおとこ》ぉ」

ふわっと少女の肩から舞《ま》い飛び、妖精が言う。狼男とは、男の鋭《するど》い目がまるで狼のよう、
という理由で、妖精がつけた渾名《あだな》だった。

「本当は嬉《うれ》しいんでしょぉ。いくら仕事でも、自分の故郷に帰れるんだもん、良いわぁ」

「チビが楽しめるような場所じゃ無い」

「チ……チビって呼ぶなぁっ。あたしにはアリスハートっていう可憐《かれん》な名前があるのっ」

妖精が男の赤い髪《かみ》を引っ張って抗議《こうぎ》するが、

「チビの方が呼びやすい」

などという男に、憤然《ふんぜん》として、

「こ、この狼男ぉっ、こうしてやるっ」

男の髪の毛を、ほうぼうで結んでしまった。

男が足を止めた。それほど固く結んでもいないのに、不器用そうに髪をいじる気配に、

「……解《ほど》きましょうか、ジーク様」

「ん……すまん」

その長身を折るようにして頭を差し出した。

目の見えぬ少女が手探《てさぐ》りであっさり解くや、何も言わず、再び歩き出している。

「ちぇ、相変わらず無口で無愛想《ぶあいそう》な男ぉー」

妖精がつまらなさそうに肩《かた》をすくめる。

「でも、優《やさ》しいのよ。とても……ね」

声をひそめ、にこりと少女が微笑《ほほえ》んだ。

はいはい、と妖精が呆《あき》れて、呟《つぶや》き返す。

少女は微笑《びしよう》したまま、男の足音に耳を澄《す》ませた。男が、心なし大きな足音を立てて歩むのは、目の見えぬ少女への、気遣《きづか》いからだ。

男の足音の調子から、道先がどうなっているか、デコボコで歩きにくいか、曲がっているか、どこが歩きやすいかまで伝わってくる。

男が――ジークが、無愛想というのは、あくまで口数のことだけだ。ジークの身振《みぶ》りは実に気配りに溢《あふ》れている。時にはノヴィア自身が気づかぬほどの自然さで、目の見えぬノヴィアの動きやすさを助けてくれるのだった。

そのジークの足音を聞きながら、いつしか、ノヴィアの微笑が、消えていた。

ジークの歩調《ほちょう》が、やけに重々しいからだ。

足音から伝わるのは道行きばかりではない。

そこには、ジークが滅多《めった》に表に出さない様々な感情までもが、零《こぼ》れるように表れている。

ここ数日、ジークの、何かを押《お》し切るように踏《ふ》み出す歩調から、かえって内心の葛藤《かっとう》のようなものがしきりと感じられるのだった。

ラグネナイの泉から戻《もど》り、街の教父に次の情報を得てから、既《すで》に十日余が経《た》っていた。

その話の場に同席を許され、今ではノヴィア達も、ジークの本当の使命を理解している。

――ヴィクトール・ドラクロワ。

二年前に聖法庁から秘儀《ひぎ》を盗《ぬす》み出して以来、各地で反勢力を煽《あお》り、暗躍《あんやく》する男の名である。その男を追討《ついとう》することが、黒印騎士団《シュワルツ・リッター》にして、死者の魂《たましい》を魔兵《まへい》として招き出す〈招く者《レギオン》〉たるジークの、使命であった。

ルールドの都市で、ノヴィア達を救った働きも、いわばその使命の一部だったのである。

「よくやってくれた。本当によくやってくれた。これで、俺《おれ》の部下も報《むく》われる」

ジークの昔の戦友で、足の負傷《ふしょう》がもとで戦場を離《はな》れたという教父は、しきりに礼を述《の》べ、

「ドラクロワ本人は、見つからなかった」

と告げるジークに、ひそやかにうなずき返し、新たに届いたという書類を、見せた。

そのときのジークの反応は、それこそ、

「この場所は……」

息をのむような、鋭《するど》い呟《つぶや》きを漏《も》らし、

「やつの姿を、実際に見た者がいるらしい」

教父の言葉に、沈黙《ちんもく》するジークの気配が常にない激しさで荒立《あらだ》つのが傍《かたわ》らのノヴィアにも察《さっ》せられたほどであった。

「なぜ、そこかは、分からん。そもそも、なぜラグネナイの精霊《ジーン》などにドラクロワが目を付けたかも分からんのだ。追っ手を迎《むか》え撃《う》つだけにしては、仕掛《しか》けが凝《こ》りすぎてやがる」

「……試《ため》しているのかもしれない」

「試す？　何をだ？」

「あいつが盗み出した、秘儀を」

「なに？　まさか、ごまんといる追っ手をかわすだけじゃなく、秘儀を試すだと……？」

「むしろ追っ手など、眼中に無いんだろう」

「馬鹿《ばか》言え。何百人もの手練れに追われているんだぞ。尋常《じんじょう》の神経《しんけい》じゃねぇ……」

「そういう男だ」

「その男を理解するお前も尋常じゃねぇよ」

呆《あき》れつつ、教父は、書類の地図を指さし、

「いずれにせよ、地の利はお前にある。なにせ、この地は、お前の故郷なんだから、な」

ノヴィア達にとっては、実に驚《おどろ》くべきことを、平然と言ったものだ。

咄嗟《とっさ》にノヴィアは口を挟《はさ》みかけたが、初めてこうした場に同席させてもらえた身としては、黙《だま》って話を聞くことしか出来ない。

むろん、気になる事は、他《ほか》に幾《いく》つもある。特にジークが罪人のはずのドラクロワをあいつと親しく呼ぶことは、実に気にかかった。

だが、どんなに己《おのれ》の気配が炎《ほのお》のような激しさを帯びたとしても、ジークは、表面的には常に氷のように冷静で、どんな葛藤《かっとう》があっても、綺麗《きれい》にのみ込んで一言も出さない。

だから、ドラクロワという男との関係については、何も聞かされていないし、何より、あのラグネナイの精霊《ジーン》が見せた女性のことも、おいそれと訊《き》けないでいたのだ。

ジークが、シーラと呼んだ女性——まるで、恋人《こいびと》の名を呼ぶような声で。

閉《と》ざされたはずのノヴィアの視覚の隙間《すきま》を、縫《ぬ》うようにして飛び込んで来た、たおやかな美貌《びぼう》の女性だった。その女性のことが、やけにノヴィアの胸を騒《さわ》がせるのだが――

もし、自分にジークを助ける十分な力があれば、ジークの過去や葛藤について色々と訊けるかもしれないが、そうでない以上、どれだけ胸が騒《さわ》いでも、黙っているしかない。

だがそう思うのも、実はおかしな話だった。

なにせ既《すで》に、万里眼《ばんりがん》と呼ばれる偉大《いだい》な透視《とうし》の力が、その身に宿《やど》っているのだから。ただ、それを、心が拒《こば》んでしまっているだけで――

心を読むラグネナイの精霊達に暴《あば》かれたことが、それだった。母への憎《にく》しみゆえに、母から受け継《つ》いだ力を、心が拒んでいる。そしてそれゆえに、盲目《もうもく》となってしまった……。

まさか、自分が母を憎んでいるなどとは、思いもよらなかったノヴィアに、ジークは、

「お前の心の中の真実を、葬《ほうむ》れ」

全《すべ》てを察《さつ》しているように、言ったものだ。

母を憎む心を、時間をかけて、受け入れる。

それが、力を使いこなす、最短の方法だと。

「自棄《やけ》になるな」と言ってくれた時と、まるで同じ口調で、ジークは告げてくれていた。

そもそも、目が開かれないことへの苛立《いらだ》ちから、自分が自棄になっていたなどというの

も、ノヴィアにとっては、意外な事だった。

だがそんな自分を悟《さと》ったからこそ、先の戦いで、目が見えない状態で走る事が出来たのだと、ノヴィアは思う。それは、従士として、自分に何が出来るかを問う行為《こうい》だった。従士として何をさせてもらえるか、ではなく――

そんな風に、ノヴィアが、自分の心と向かい合う段階になって初めて、ジークは任務の話の場に同席することを、許してくれていた。

報《むく》いたい。自分を導《みちび》いてくれているジークの役に立ちたい。なのに、では何が出来るかと言われれば、何もないように思われる。自分が力を――母を、受け入れない限りは。

そうしたことが、胸の底でちくちくとした疼《うず》きとなって、いつの間にか、ことごとに、ノヴィア自身を責めるようになっていた……。

途中《とちゅう》、昼食を摂《と》ってから、再び、灰色の道を歩み、しばらくした頃《ころ》であった。

気づけば、ひんやりと空気の沈《しず》む、谷間に入っている。木々はまばらにしか生《は》えず、風は冷たく、荒《あら》い。その荒涼《こうりょう》とした景色に、

「……こんな所にも、人って住めるんだぁ」

アリスハートがちょっと気圧《けお》されて言った。

「他に、住む場所が無かった場合だ」

ジークが、ぽつりと返す。

グノー峡谷《きょうこく》というのが、この谷の名である。

鉄鉱《てっこう》の産地だが、何しろ辺境《へんきょう》の地で他に産物も無く、住まうのは戦乱で追われた流民《るみん》くらいだという。そうしたことを、ジークから軽々と聞き出したアリスハートは、

「やっぱここも、あたしの故郷《ふるさと》じゃないみたい……全然、懐《なつ》かしい感じしないもん」

がっかりして、言ったものだ。

「ねえ、ノヴィアぁ。あたしが、魂《たましい》の無いエインセルだって、どういう意味かなあ……」

これはラグネナイの精霊《ジーン》に言われた事だった。魂無き者《エインセル》――元は、自分自身《エインセル》という意味の言葉である。招かれた使命を忘れ、自由意思を持ったが魂を持つには至《いた》らず、常に何かが欠けている――そういう存在なのだという。

「あたし、魂が無いから、自分の故郷が、分かんないのかなぁ……」

物寂《ものさび》しい景色に影響《えいきょう》されたか、アリスハートが、珍《めずら》しく沈んだような声を零《こぼ》すのへ、

「そんなこと、ないわよ」

ノヴィアは、きっぱりと返して言った。

「私には見えたわ、貴女《あなた》の魂。それが私を呼んで、貴女と出会わせてくれたんですもの」

　アリスハートは、うん、と呟《つぶや》き、ノヴィアの細い首筋に、そっとしがみついた。

　やがて、谷の底に出た。人の住んでいる証拠《しょうこ》に、鉄鉱所やら、小屋やらが散在《さんざい》し、その先に集落が見える。立ち止まらず進みゆくと、

「なんだろう、あれ」

　幾《いく》つかの四角い広場のようなものがあった。

「鍛錬所《たんれんじょ》だ」

「鍛錬……。鉄の……ですか、ジーク様？」

「いや。鉄とは別の売り物だ」

「別の売り物って、他に何売ってんのさ」

「――人だ」

　アリスハートが、へ？　と返す。

　そこへ、にわかに、大勢の人間の気配が起こった。二十人ほどの若い男達がぞろぞろと鉄鉱所から姿を現し、集落の方に向かおうとして、ジーク達と出くわしたのである。

　中には抜《ぬ》き身の剣《けん》を持っている者もおり、何かあれば、すぐにでも振《ふ》るってきそうな、炭鉱労働者《たんこうろうどうしゃ》らしい荒々《あらあら》しい気配をまとっていた。

「何だい、あんたら」

ジークの担《かつ》いだ巨大《きょだい》なシャベルをじろじろ眺《なが》めながら、男達の一人が、訊《き》いた。

「ジェノ神父はいるか」

ジークが訊き返すと、男がはっとして、

「赤い髪《かみ》……あんた、まさか……」

男達が、にわかにざわめいた。

そこへ、ふいに、渋《しぶ》みのある声が飛んだ。

「よく来たね、ジーク——」

男達の声ではなかった。

黒ずくめの神父が、集落の方から歩み寄って来るのである。中肉中背。壮年《そうねん》を過ぎた精《せい》悍《かん》な顔を、短く刈《か》り上げた白髪《はくはつ》が飾《かざ》り、右のこめかみを、大きな刀傷の痕《あと》が走っている。

「実に久しいね……ジーク」

神父が、柔《やわ》らかく微笑《ほほえ》んで言った。

「お久しぶりです……ジェノ神父様」

かくん、とアリスハートの顎《あご》が落ちた。

「狼男《おおかみおとこ》が、敬語《けいご》を使ってる……」

神父はうなずき、そっとジークの肩《かた》に触《ふ》れ、

「よく来てくれた。聖法庁からお前が派遣《はけん》されると聞いて、待ち侘《わ》びていたよ」

それから、男達を振り返って、

「お前達と同じ、この里で育ったジークだ。剣《けん》の腕前《うでまえ》は一流で、聖法庁から〈戦場の真理《ヴァールハイト》〉という有り難《がた》い称号《しょうごう》まで頂《いただ》いているのだぞ」

まるで我《わ》が事のように自慢《じまん》する様子に、男達の雰囲気《ふんいき》が、急に和《やわ》らいだものになった。

「お帰り、ジーク」

神父に、ジークは静かに頭《こうべ》を垂《た》れた。


集落のすぐ入り口にある大きな家だった。

「ドラクロワの姿を見たとのことですが」

ジークは、ノヴィア達が聞いたこともないような丁寧《ていねい》な口調で、そう質《ただ》した。

神父が、ちらりとノヴィア達を見やった。

「俺《おれ》の従士です。安心してお話し下さい」

ちょっとかしこまるノヴィアとアリスハートに、神父は微笑んでうなずいてみせ、

「……近頃《ちかごろ》、妙《みょう》に身なりの良い者達が、東の洞窟《どうくつ》を出入りしていると、若い者が言い出してな。あそこは大昔に鉱石が涸《か》れたまま、放《ほ》ったらかしになっている所だ。不審《ふしん》に思い、

私と若い者とで、隠《かく》れて見張っていたのだが……驚《おどろ》いたよ。お前の良く知る、あ、あの男が、何やら妙《みょう》な儀式《ぎしき》を行っているじゃないか」

「今も、そこにいますか？」

「いや。三日おきくらいに現れては、いずこともなく去っていく。何度か後を尾《つ》けさせたが、不思議《ふしぎ》な事にみな、まかれてしまった」

「今、洞窟に、見張りはいますか？」

「常に見張らせている。あの男が現れれば、すぐに連絡《れんらく》が来るよ。多分、一日か二日は、旅の疲《つか》れを取る間があるだろう」

「恐《おそ》れ入ります」

折り目正しく頭を下げるジークを見て、

(狼男が、子犬みたいになってるぅ)

アリスハートが、思わず笑いを噛《か》み殺《ころ》した。

「なあに。お前は、里を変えた恩人なのだ。何でも言いつけてくれてかまわんのだよ」

アリスハートが、俄然《がぜん》、好奇《こうき》の目になった。

「里を変えたって、なになに？」

「おや、ジークは何も話していないのかね」

「ぜーんぜん。この男の無口さったら、石と話してるみたいなもんだもん」

神父が、声を上げて笑った。

「相変わらずだな、ジークよ。自分の手柄《てがら》なのだから、少しは自慢《じまん》してもよかろうに」

はあ……と気の無さそうに呟《つぶや》くジークの代わりに、神父がにこやかに、言った。

「実は、この里は昔から、鉄以外にも、別のものを、売っておりましてな」

「そーいや、さっきも聞いたような……」

「剣《けん》や槍《やり》などの他《ほか》に、それを身につける者もまた、この里の売り物だったのですよ」

「身につける……ですか」

「そうです。要するに、十四歳《さい》から十七歳の子供を、剣奴《けんど》として、売るのですよ」

それを聞いたノヴィアは愕然《がくぜん》となって、

（剣の……奴隷《どれい》――）

慌《あわ》てて、その言葉をのみ込んでいた。

「剣奴ってなーに？」

「戦争で親を失った子供を育てる養育院《よういくいん》が、ここから離《はな》れた里にありましてな。そこの子供達から、体の丈夫《じょうぶ》な者を選んで、剣を教え、あちこちの軍隊や傭兵団《ようへいだん》に、売るのです」

そこまで言われて、さすがのアリスハートが、ぽかんとなって言葉を失った。

「何せ、故郷《ふるさと》や親を失った者達にとって、人間の命以外、売る物がないのですよ」

人の好《よ》い神父が平然と恐《おそ》ろしい事を言う姿に、ノヴィアもアリスハートも、言葉が無い。

「ですが、ジークが〈戦場の真理《ヴァールハイト》〉の称号《しょうごう》を得たとき……聖法庁に頼《たの》んだのは、剣奴売買を無くすことでした。そのお陰《かげ》で、この里には毎年、孤児《こじ》養育のためのお金が、聖法庁から払《はら》われています。また、聖法庁の資金で、鉄鉱所の規模《きぼ》を拡《ひろ》げることが出来ました」

「彼ら、みな……剣を持っていましたね」

ぽつりと、ジークが、言った。

「彼らが鍛《きた》えた剣だ。評判《ひょうばん》が良くて、よく売れる。もちろん、みな剣の腕《うで》も立つぞ。どうだ、お前からも少し剣を教えてやらんかね」

「神父様が俺に教えてくれたようには、上手《うま》く教えられないでしょう」

殊勝《しゅしょう》な言葉とともにかぶりを振《ふ》るジークは、

「それに、俺はこの里で一番……弱かった」

そう付け加え、ジークの剣の腕を知るノヴィアとアリスハートを、ひどく驚《おどろ》かせた。

「確かに、お前は剣の覚えは遅《おそ》かったが、だからこそ……私には一番可愛《かわい》い子供だった」

神父の言葉に、ジークは黙《だま》って目を伏《ふ》せた。

「よく生き残ってくれたね……ジーク。称号を得たことよりも、それが……嬉《うれ》しいよ」

「はい……」

「とにかく、今はゆっくり休みなさい。くれぐれも遠慮無《えんりょな》く、ね。この家もまた、お前達の命を売って、建てたものなのだから……」

神父と一緒《いっしょ》に四人で早い夕食を済《す》ませてのち、二階の大部屋を貸し与《あた》えられた。

ランプの明かりの中で、ジークは外套《がいとう》も脱《ぬ》がず、黙々《もくもく》とシャベルを磨《みが》いている。そこへ、ノヴィアが、そっと杯《さかずき》をテーブルに置き、

「ジーク様、薬湯《やくとう》を温めました」

「ん……すまん」

杯を取り、中身をすするジークを見ながら、

「狼男《おおかみおとこ》も、案外、色々とあるのねぇ」

アリスハートが、しみじみと呟《つぶや》いた。

「ああ……」

いつもなら返事が来るところではない。アリスハートの目が、きらりと好奇心《こうきしん》に輝《かがや》いた。

「ねえねえ、狼男って、お父さんお母さんが居ないから、ここで育ったわけ？」

「親は……どこかの街が戦場になって、死んだらしい。街の誰かが、赤ん坊《ぼう》だった俺を拾

って――この里に辿《たど》り着いたんだ」

「何で、墓掘《はかほ》りになったの？」

ジークは、銀のシャベルに手を触《ふ》れながら、

「戦死者の埋葬《まいそう》は、少年兵の仕事だった。みな嫌《いや》がったが……俺は嫌《きら》いじゃなかった」

「どういうこと？」

「死者は、戦場で一番弱い存在だ。もう、戦うことも、逃《に》げることも出来ない、そういう者に何かしてやれることがあるというだけで、心が救われる……。それに――」

「それに？」

「死者が、色々と教えてくれた。相手の武器や、気を付けるべき地形や、戦場の教訓《きょうくん》を」

「それって、死人が喋《しゃべ》るってこと？」

「死人は、喋らないものだぞ」

真面目《まじめ》な顔で、怪訝《けげん》そうに言うジークに、

「いや、そりゃそうだけど……」

アリスハートが呆《あき》れたように返す。

「魂《たましい》のかけらが、戦場に縛《しば》られたまま、俺に訴《うった》えて来たんだ。多くの魂が――自分達の代わりに戦って、怨《うら》みを晴らしてくれ……と」

「そんなん、放《ほ》っときゃ良いのに」

「ジーク様は優《やさ》しいのよ」

ノヴィアがきっぱりと言う。

「頼《たの》まれると、嫌とは言えないの」

「うーん……難儀《なんぎ》な性分《しょうぶん》よねぇ」

「……その代わり、死者がくれる情報のお陰《かげ》で、俺はどの戦場でも生き残れた」

「はあ……人生、何が役に立つか、分かんないものねぇ。死人の声を聞くことが出来るなんて、考えてみれば、凄《すご》い特技よねぇ」

「戦場では割とみな、出来るようになる」

「そ、そうなの……？」

「だがなぜか、たいていの人間は、自分の気が狂《くる》ったとしか思わないらしくてな……」

「ああ、まぁ……そうだろうねぇ。でもさ、じゃあ、いつから〈招く者《レギオン》〉になったの？」

沈黙《ちんもく》が降《お》りた。さすがにここで口を閉《と》ざすかに思われたが、やがて胸につかえた硬《かた》い石でも吐《は》き出すように、そっと語り出していた。

戦場で、死者の声を聞くという剣奴《けんど》が噂《うわさ》になった。その者には、死者が智恵《ちえ》と力を与《あた》え、また、より多くの死をまき散らす、死神が取り憑《つ》いているのだ、とも言われた。

あるとき、その噂を聞いた貴族の指揮官《しきかん》達が、好奇心《こうきしん》で戦場のジークを呼びつけた。

戦場には似合わぬ整《ととの》った顔立ち、少年兵らしからぬ鋭《するど》い目、長い赤髪《せきはつ》を束ね、痩《や》せて小《こ》柄《がら》な身に、いかにもそぐわぬ長大な剣を背負う、というのがその時期のジークの姿だった。

そのジークの顔立ちや身なりにも好奇の目を向けながら、色々と質問をしてくる指揮官達に、ジークは、努《つと》めて真面目《まじめ》に答えた。が、全《すべ》て冗談《じょうだん》ごととして受け取られ、笑われた。

結局、戦死者の魂がどんなものか、本当に知ろうとする者は、貴族にはいなかったのだ。

ただ一人を除《のぞ》いて。

その男は、ジークを呼びつけたりしなかった。自分から、ジークを訪《たず》ねて兵舎を歩いた。

長い銀髪《ぎんぱつ》、白皙《はくせき》たる相貌《そうぼう》——氷のように透《す》き通った青い目に、穏《おだ》やかで理知的な光をたたえた青年だった。すらりとしたその長身に、貴族には珍《めずら》しいほどの剣の腕《うで》と、聖法庁の秘儀《ひぎ》の力を秘めた、その青年は、自ら、剣奴用のテントに入って来るなり、

「私には、お前の才能が必要だ、ジーク」

呆《あき》れるほど端的《たんてき》に、言ったものだった。

会ったことも無い男にいきなり名を呼びつけられ、むかっ腹が立った——が、次の瞬間《しゅんかん》、男がいきなり微笑《ほほえ》んだ。そのなんとも屈託《くったく》の無い笑みに、思わず惚《ほ》れ惚《ぼ》れとしてしまった。

慌《あわ》てて我に返って、いったい自分に何の才能があると言うのか、と食ってかかると、

「――〈招く者《レギオン》〉」

輝《かがや》くような微笑みのまま、告げた。

当時のジークにとっては、意味不明の言葉である。またぞろ貴族が茶化《ちゃか》しに来たのかと思い、だんまりを決め込んでいると、

「お前は、ずいぶんと人を斬《き》るそうだな、ジーク。その気持ち……私にも分かるな」

なんと、そんなことを言った。

ろくに戦場に出たこともない貴族が何を言うのかと、内心思わずかっとなったが、

「私も、大勢、斃《たお》してきた」

その一言で、また奇妙《きみょう》に怒《いか》りが薄《うす》まった。

「お前がより多くの敵を斬ろうとするのは、死者の声ゆえに、というよりも、そうすることで、お前と同じ境遇《きょうぐう》の剣奴《けんど》が、戦場に送り込まれなくなると、信じているからだろう」

図星だった。自分が戦えば、そのつど里に金が払《はら》われる。金があれば、グノトの里に残る子供達が次々に戦場に送り込まれないで済《す》む。剣奴を、一人でも少なくする――それが、当時のジークの、命を賭《と》した行いだった。

「だが敵にも、お前と同じ剣奴がいる。それを倒《たお》さねばならぬ矛盾《むじゅん》は、苦しく辛《つら》かろう」

いちいち図星であることを確かめるように、青年は、ジークを見つめ、そして、言った。

「剣にのみ頼《たよ》る限り、味方しか救えない。それが真理《しんり》だ。いいか、ジーク。争《あらそ》いを無くすためには、敵をも救わねばならないのだ」

その言葉に、愕然《がくぜん》となった。

敵をも救う——そんな夢《ゆめ》のようなことを口にするこの男は、いったい、何者なのか。

「私の名は、ヴィクトール・ドラクロワ」

青年が、言った。

「この世から争いを無くすために力が要《い》る。私にはお前が必要なのだ。たった一人で万軍に匹敵《ひってき》する、〈招く者《レギオン》〉の才能を持つ者が」

毅然《きぜん》と言い放つ男の姿に、ジークは、正直、全身が震《ふる》えるような感動を覚えていた。

「じゃあ、そのドラクロワって男に言われて、ジークは〈招く者《レギオン》〉になったんだ」

面白《おもしろ》い話の一つくらいにしか受け取っていないアリスハートが、のんびりと言った。

一方、ノヴィアは呆然《ぼうぜん》となって、

「ドラクロワが、ジーク様を見いだした……」

同じその男が、今、聖法庁の秘儀《ひぎ》を盗《ぬす》んで逃《に》げ、ジークに追われているとは——

「ジェノ神父と……あいつの、二人の存在がなければ、今日の俺は、なかった……」

淡々《たんたん》と言いながら、ふと、ジークは、ランプに手を伸《の》ばした。アリスハートが、あっと叫《さけ》ぶと同時に、ランプの明かりが消えている。

「どうしたの、アリスハート？」

ふと、ジークがテーブルを回り、ノヴィアの手を取った。突然《とつぜん》のことにびっくりしていると、ジークが、指で、ノヴィアの掌《てのひら》に、

『静かに。ここを出る。荷物はそのまま』

そう書きつつも、

「そろそろ寝《ね》るぞ。休みをとるんだ」

口では、大きな声で、そう告げている。

「あら、そうなの……？」

合点のいかないアリスハートをよそに、夜目《よめ》の利《き》くジークと、そもそも暗闇《くらやみ》に生きているノヴィアが動き出す。そしていきなり、

「え？　なに？　なんなの？　うわ……な」

ジークにつかまれ、声も出せなくなった。

間もなく、静かに開かれた窓から、シャベルとノヴィアを抱《かか》えたジークが、信じがたい

脚力《きゃくりょく》で、一気に飛び降りたのだった。

「何もいきなり飛び出さなくってもさー」

月の光がかすかに届く夜の谷間を、アリスハートのひそひそぼやく声がこだまする。

「隣《となり》の部屋で、盗み聞きされていたからな」

「……全《まった》く、気づきませんでした」

完全にジークが話す過去《かこ》に気を取られていたのである。気恥《きは》ずかしくなる反面、何となく面白《おもしろ》くなかった、密《ひそ》かな過去を打ち明けられたのではなく、計算づくで話されていたことになるからだ。それでは、自分達まで、騙《だま》されていたことにならないか。

「少しは、私達に心を開いてくれても……」

ごつごつした岩の歩きにくさ、杖《つえ》の突《つ》きづらさと相まって、不機嫌《ふきげん》な呟《つぶや》きが漏《も》れたが、

「話し込んだせいで出発が遅《おく》れた。お前達といると、つい安心して気が緩《ゆる》んでしまう」

呟くジークに、ノヴィアは思わず微笑《びしょう》し、

「ジーク様って、けっこう可愛《かわい》い」

はぁ？　とアリスハートが素《す》っ頓狂《とんきょう》な声を上げた。そのとき——

鉄鉱所の裏側へと回り込んだ一行の前に、月光に黒々と穴を穿《うが》つ、洞窟《どうくつ》が開いていた。

無造作《むぞうさ》な足取りで入ってゆくジークの後を、ノヴィアとアリスハートが追った。

「うわー、でっかい洞窟ぅ。鉱山なの？」

「グノーの、始まりの洞窟だ……」

「始まりって、なんの？」

「この地の伝説だ。かつて流民《るみん》がここに辿《たど》り着いたとき、洞窟に住む、グノーという名の竜《りゅう》に、子供を生贄《いけにえ》に捧《ささ》げることで、この地の鉄を採《と》って生活する許しを得た……」

「子供を……ですか」

「今も昔も変わらない、グノーの業だ」

何かが、洞窟の奥《おく》から響《ひび》いてきている。

洞窟を進むにつれて強く耳を打ち、やがてひとまとまりの言葉となって届いてきた。

我らグノーの血の祈《いの》りに伏《ふ》して母なく父なく子を食い剣《けん》にて生き残りたる者なり
願《ねが》わくば民《たみ》の糧《かて》となりて血を捧げん事を

まるで呪文《じゅもん》にも似た言葉が延々《えんえん》と繰《く》り返されている。やがて広大な空間に出ると、灰色の衣を着た男達が、高々とそびえる壁《かべ》に向かって、声を上げている光景に出くわした。

あっとアリスハートが低く声を上げる。

「な、何あれ？　壁に、変なのが……」

巨大《きよだい》な蛇《へび》にも似た、獣《けもの》の化石《かせき》――そうとしか言えぬ物が、壁一面にのたくるようにして、赤黒く光っているのだ。その濡《ぬ》れ濡れと光るものから、じわりと、何かがしみ出している。

「……すごい。……血の臭《にお》い」

ノヴィアが口元を塞《ふさ》ぐ。吐《は》き気がしていた。

「お前達はここにいろ」

有無《うむ》を言わせぬジークの鋭《するど》い声に、ノヴィアがはっとなった。いつの間にか、ジークの総身に、凄《すさ》まじい戦いの気配がみなぎっている。その気配のあまりの激しさに、アリスハートでさえ、にわかに言葉を失うのだった。

ジークは、無造作に歩を進め、

「〈刻《とき》の竜頭《りゆうず》〉――まさか、本当に……」

壁を見上げ、呟《つぶや》いた。

その声に、男達が、はっと振《ふ》り返る。

みな、谷で最初に出会った、男達であった。

どん！　ジークがシャベルを突《つ》き立てた。

男達が無言で剣を手に、ジークを取り囲《かこ》む。

そのとき、突然《とつぜん》、ジークが振り返って叫《さけ》び、

「ノヴィアっ、横に跳《と》べっ！」

同時に、ノヴィアもまた背後で殺気《さっき》が走るのを察《さっ》し、反射的《はんしゃてき》に倒《たお》れるように横に跳んでいた。目が見えない状態で跳ぶ恐《おそ》ろしさを遥《はる》かに上回る恐怖《きょうふ》が、鋭く空を切る刃《やいば》の音とともに、それまでノヴィアのいた空間を迅《はし》り、

「ノヴィア!?」

アリスハートの叫びとともに、

「かわすか。さすがに、ジークの従士だな」

ノヴィアは地に倒れ込みながらその声を聞いた。実に優《やさ》しげな、ジェノ神父の声だった。

神父は、アリスハートがぎょっとするくらい長く大きな剣を手に、ジークに歩み寄った。

「実に素早《すばや》い行動だね……ジーク」

「ここに、ドラクロワがいるという情報を流したのは、俺を呼び寄せるためですか」

「その通りだよ。よく読めたね、ジーク」

「あいつが……そう容易《たやす》く、姿を見られるとは思えませんから。あいつが、俺をここにおびき出せと……指示したのですか」

「いかにも。数十人程度の魂《たましい》では、この化け物は育ちきらない。無数の死者の魂を率《ひき》いる〈招く者《レギオン》〉を生贄《いけにえ》に捧《ささ》げることで、飛躍的《ひやくてき》に成長する――とね」

「貴方《あなた》は分かっていない。この化け物は……この世に存在しては、いけないものです」

「知らぬよ。我々はただ、ドラクロワ卿《きょう》のためにこれを育てる代わりに、再び、生きていく手段を得る。それだけだよ、ジーク」

「生きていく手段……？」

「聖法庁を倒したあかつきには、この里の剣奴《けんど》売買を、再開させて下さるということだ」

そう神父が告げるや、ジークは瞠目《どうもく》し、

「嘘《うそ》だっ！　ドラクロワが……嘘だっ！」

激しく、血を吐《は》くような叫びを上げていた。

「嘘ではないよ、ジーク」

優しげに、神父が言った。

そこかしこから、剣を握《にぎ》る男達が現れた。総勢五十名強が、ずらりとジークを取り囲む。

だがジークは、戦いの気力さえ失ったかのようにうつむき、ぽつりと、言った。

「神父様、まさか里の者をこの秘儀《ひぎ》に……」

「病人、老人が主《おも》だがな。みな喜《よろこ》んで命をくれたよ。弱い者が、より強い者の糧《かて》となって死ぬ。それが地上に生きる者たちの試練《しれん》だ」

「剣奴として生きたいかっ！」

にわかに顔を上げ、ジークが叫《さけ》んだ。神父にではなく、周りの男達に向かってだった。

「殺し合い、裏切り合い、仲間同士でさえ命を奪《うば》い合わねば生きていけない剣奴にっ！」

その途端《とたん》、男達の間で、失笑《しっしょう》がわいた。

「こいつ、神父様の言う通りの臆病者《おくびょうもの》だ！」

「次に聖法庁から称号《しょうごう》を得るのは俺だ！」

いや、俺だ、俺こそがと一斉《いっせい》に剣を掲《かか》げて喚《わめ》き立て、ジークの叫びをかき消していた。

「この通りだ。さ、ジーク。魔兵《まへい》とやらを呼びなさい。実は私達も、寝込《ねこ》みを襲《おそ》うのは、どうも気が引けていたところなんだ」

「……覚えていますか、ジェノ神父」

「なにをだね？」

「俺と一緒《いっしょ》に売られた、十六人の剣奴達を」

いっとき、神父が沈黙《ちんもく》した。

「全員、名前も顔も、覚えているよ」

「戦場に運ばれる馬車の中で、俺達は、互《たが》いに誓《ちか》い合いました。絶対に、仲間を裏切らない、お互いに助け合うと。何もない俺達にとって、仲間だけが全《すべ》てだった……」

「――――」

「戦場では、剣奴のそんな思いなど無に等しかった。ジェノ神父……俺はそのとき誓い合った仲間達を、戦場で、三人、斬《き》りました」

ジークの左手が、シャベルの柄《え》を握《にぎ》りしめ、

「招く必要はない。お前達の愚《おろ》かな言葉を聞いた時から、現れたがっている魂達《たましいたち》がいる」

血が一筋、銀の柄を、滑《すべ》り落ちていった。

「死んだ仲間の剣を溶《と》かして作った物です」

ぽつりと言った。みな何のことだと怪訝《けげん》な顔になる。ノヴィアがはっとなった。シャ、シャベ、ルが、ひとりでにがたがたと震《ふる》え出していた。

かっとジークが目を見開き、

「ジーク・ヴァールハイトが解き放つ！」

刹那《せつな》――激しい雷火《らいか》がシャ、シャ、シャベルに走った。

「水刻星《マーキュル》の連なりの下《もと》、凄魔《せいま》ギルトとなりて、我《わ》が敵に見せしめよ！」

シャベルが、無数の銀の輝《かがや》きとなって飛び散り、にわかに禍々《まがまが》しい姿が宙に現れてゆく。

シャベルが消え、中から現れた銀剣《ぎんけん》を手に取るジークの周囲に、銀の鱗《うろこ》を持つ魔兵ども

が、美しい円陣《えんじん》を見せ、地に降り立った。

総勢十六体。人の形をしたトカゲの如《ごと》き姿、両手に分厚い剣を握《にぎ》り、顔には目も鼻もない。突《つ》き出した口に、かっと鋸《のこぎり》のような牙《きば》を剝《む》き、

「見ろ！　殺し合いの日々に、ただ殺戮《さつりく》を願うだけになった、修羅《しゅら》の姿を！」

ひゅん。ジークの銀剣が、空を切り——

「蠍座の陣《バルビエル》！」

言下、両手に剣を握る魔兵達が、蠍《さそり》が尾《お》を広げるように円陣を展開し、一斉《いっせい》に男達に殺到《さっとう》した。男達もただの素人《しろうと》ではない。腕《うで》も度胸《どきょう》も立った。その男達を、魔兵が旋風《せんぷう》の速さでなぎ倒《たお》してゆく。人間離《ばな》れした速さと力だが、決して、力任せのものではない。

相手の剣を読み、絡《から》めて封《ふう》じ、斬《き》り倒す——その絶妙《ぜつみょう》の剣捌《さば》きに、神父が、瞠目《どうもく》した。

「グノーの剣技——」

魔兵が、殺戮の風を巻き上げながら、牙を剝いて、一斉に不気味な声で唱《とな》え始めた。

我らグノーの血の祈《いの》りに伏《ふ》して母なく父なく子を食い剣にて生き残りたる者なり
願わくば民《たみ》の糧《かて》となりて血を捧《ささ》げん事を

神父が、大声で笑った。

「可愛《かわい》い子らよ！　地獄《じごく》に堕《お》ちても剣を振《ふ》るうか！　私が教えた技《わざ》を使うか！」

その声に引き寄せられるようにして、一体の凄魔《ギルト》が、神父に向かって、二つの剣を縦横《じゆうおう》に振るってきた。ふわっと、神父が、その長大なる剣で、相手の剣を撫《な》でるように振るうと、刃《やいば》の嚙《か》み合う激しい音とともに、なんと凄魔の剣が、二つとも綺麗《きれい》に弾《はじ》かれていた。

「嬉《うれ》しいなあ……その剣の癖《くせ》、グンか？」

次の瞬間《しゆんかん》、がら空《あ》きとなった凄魔の首を、何の躊躇《ためら》いもなく、一瞬で刎《は》ね飛ばした。

「次は誰だ？　シフ、お前か!?」

斬りかかる凄魔に対し、神父が地を蹴《け》って舞《ま》い跳《と》んだ。凄魔の双剣《そうけん》は宙をなぎ、神父の長大な剣が、凄魔の頭部に潜《もぐ》り込み、更《さら》には上半身をほとんど真っ二つに両断している。

「つつ強いよ、なにっ、あれでも神父っ？」

アリスハートの悲鳴とともに、円陣《えんじん》を崩《くず》した神父が、瞬《また》く間にジークに切迫《せつぱく》する。

かと見るや、ジークもまた飛び込むようにして神父に向かって剣を振り下ろす。

一瞬、刃の嚙み合った一点に目のくらむような火花が飛び散り、ついで両者、位置を入れ替《か》える形で剣を叩《たた》き込むや、激しく刃が絡《から》み合った。

「裏切り合い、殺し合う。結構《けつこう》なことだ。それが、人間に与《あた》えられた試練なのだから」

にわかに、ジークの体勢がぐらついた。

アリスハートが呆然《ぼうぜん》となってその様子をノヴィアに伝えた。二人とも、ジークが一対一の剣の勝負で負けるなど信じられなかった。

「弱いなぁ、ジークよ。あのとき売られた子供達の中で、一番弱かったお前が、なぜ生き残れたのか、不思議で仕方がなかったよ」

「俺は弱さのせいで、多くの事に気づけた」

足が乱れたかに見えた一瞬、ジークが身を翻《ひるがえ》し、転身《てんしん》する勢いで、素早《すばや》く剣を突《つ》き込んだ。その剣尖《けんせん》を受けしのいだ神父が二、三歩後退するほどの、迅速《じんそく》で壮絶《そうぜつ》な刺突《しとつ》だった。

「貴女《あなた》は強さのせいで、命の犠牲《ぎせい》に慣れすぎた。貴方の剣は、今の俺には、軽すぎる」

神父が、かっと目を見開いた。

「なめるなっ!!」

破鐘《われがね》の如《ごと》き怒声《どせい》とともに、その長大な剣を振《ふ》るって跳んだ。その気息《きそく》を正確に計《はか》ったように、同時にジークも地を蹴っている。

二人の剣の光芒《こうぼう》が、暗い洞窟《どうくつ》に煌《きら》めき――

再び地に降り立った二人のうち、一人だけが、がくりと膝《ひざ》をつき、倒れ伏《ふ》していた。

「も、もぅやめさせてよぉ……」

アリスハートが、がたがた震《ふる》えながら言う。

殺戮《さつりく》の嵐《あらし》は続いていた。意地《いじ》になって闇雲《やみくも》に剣を振るう男達を、凄魔《ギルト》どもが、血の祈《いの》りを唱えながら、無造作に屠《ほふ》ってゆくのである。

気づけば、神父に斬《き》られたはずの凄魔どもさえ、首を刎《は》ねられた姿、頭を割られた姿で、再び立ち上がり、男達を斬り殺している。

「ねぇえ、狼男《おおかみおとこ》ぉ……ジークったらぁ……」

アリスハートの声が、尻《しり》すぼみに消えた。

ジークの剣を持つ手が、震えるほど強く握《にぎ》りしめられているのに、気づいたからだった。

凄魔は、逃《に》げる者は追わない。なのに無益《むえき》な戦いを続ける男達を、ジークは、じっと悲しい光を溜《た》めた目で、見つめているのだった。

ノヴィアも、ジークの切々とした気配に、ただ黙《だま》って、傍《かたわ》らに寄《よ》り添《そ》うしかなかった。

ふいに、笑い声が起こった。倒れた神父が、斬り割られた肩《かた》から血を流し、笑っていた。

「少しは、笑え……ジークよ。これで……里の、剣奴《けんど》……二度と、売られまい。ふ、ふ……お前が売られた時の……よく、覚えている……お前が、心から笑った、最初で最後の……戦場への……馬車を、前にして……」

——そのとき、ジークは、神父を振《ふ》り返り、

(俺の命で、神父様の服が買えますね)

そっと微笑《ほほえ》んで、言ったものだ。

神父の礼装《れいそう》は一着きりしかなかった。しかもあちこちほつれを縫《ぬ》い直している。神父の服を買う金さえ無い——それがこの里だった。

(もっと大きな物が買えるよ)

神父はそう言ってかぶりを振り、まだ十四歳《さい》になったばかりのジークの肩を叩《たた》いた——

「お前は、優《やさ》しすぎる……」

神父の口から、どっと血が溢《あふ》れた。

「一番最初に、お前が……死ぬと、思っ……たが、最後まで生き……私を……討《う》つとは」

その目は、朦朧《もうろう》と霞《かす》み、何も見ていない。

「私の、生きた……時代……優しさでは……生き残れなかっ……」

そこで初めて、神父の顔から、笑みが消えていた。代わりに、深い嘆《なげ》きの顔が現れ、

「これから……お前達の……時代……」

それを最後に、息絶《た》えた。

神父の腕《うで》に、ジークが、そっと触《ふ》れた。

何度も縫い直した跡《あと》の一つに、見覚えがあった。自分が里を出た時と、同じ服だった。多くの剣奴を育て、自分自身もまたかつて剣奴であった男の、それが死に装束《しょうぞく》となった。やがて、ようやく男達が剣を捨てて逃げ去ると、ジークは凄魔《ギルト》どもに命じ、壁《かべ》に脈打つ石の化け物を、粉々に砕《くだ》き散らしてしまった。

「やっぱ、墓掘《はかほ》ってあげるのね……」

明けゆく空の下で、シャベルを振るう音が、谷間に侘《わ》びしく響《ひび》いている。

「自分を殺そうとした相手なのにさ……」

アリスハートにしては珍《めずら》しく、ジークに同情するような口調だった。ノヴィアも黙々《もくもく》とジークの指示に従って、埋葬《まいそう》を手伝っている。

ふと、ジークが手を止めた。

過去の声が、しきりに耳を打つからだった。

(もっと大きな物って、どんな物ですか?)

そう問うたとき、答えはすぐに返って来た。

(皆《みな》で住めるような家だよ。お前達が戦場から戻《もど》った時、みなで平和に暮らすためのね)

(平和に……)

（そうだ。お前達にはちゃんと帰るべき場所があるんだ。だから——帰っておいで）
本心から、育て子の生還《せいかん》を祈《いの》る声。
（生きて、帰っておいで）
十四歳の手に、剣を握《にぎ》る少年の声——
（帰って来ます）
馬車に乗り、大声で叫《さけ》ぶ声——
（生きて、帰って来ます）
やがて、土を掘る音と、風の唸《うな》りに消えてゆく、遠い日の幻《まぼろし》の声だった。

第五話　ラプンツェルの階段

町中を香《こう》の匂《にお》いが立ちこめている。

じゃらん。鎖《くさり》の音が響《ひび》く。司祭《しさい》が、手に、鎖で吊《つる》した香炉《こうろ》を持ち、白い煙《けむり》をもくもくと辺りに撒《ま》きながら、一心《いっしん》に祈《いの》りの文句《もんく》を唱《とな》え、歩いている。

その後を、黒い葬服《そうふく》に身を包んだ者達が、幾《いく》つもの棺桶《かんおけ》を担《かつ》ぎ、あるいは子供達の手を取り、一列になってぞろぞろと歩いてゆく。

疫病《えきびょう》によって、一度に大勢死んだ時に独特《どくとく》の、死の行列の光景《こうけい》だった。

香は、疫病を抑《おさ》え、浄《きよ》めるためのものだ。

その様子《ようす》を、聖堂《せいどう》の二階の窓《まど》から見やって、

「あ、また、別の列が来たよ」

明るく言うのは、掌《てのひら》ほどの大きさの妖精《ファー》である。金の瞳《ひとみ》に金の髪《かみ》、真っ白いドレスの背《せ》で震《ふる》える羽の翅脈《しみゃく》も金に淡《あわ》く輝《かがや》いている。

「そんなに？　アリスハート？」

部屋にいる少女が呼ぶと、羽を震わせ、ふわっと宙《ちゅう》を舞《ま》って、少女の肩先《かたさき》に降り、

「凄《すご》いよぉ、ノヴィアぁ。まるで町中の人が死んだみたいに、後から後から来るよぉ」

「……凄い匂い。息が詰《つ》まりそう」

部屋の中でも焚かれる白煙《はくえん》に、少女が細い眉《まゆ》をひそめる。右手に、盲目《もうもく》であることを示す白木《しらき》の杖《つえ》を握《にぎ》りしめ、片方の手は、胸元《むなもと》の、聖性《せいせい》を身に帯《お》びて力とする〈銀の乙女《おとめ》〉の紋章《もんしょう》を、頼《たよ》るように握っている。

疫病除《よ》けの匂いは、少女の溌剌《はつらつ》と束《たば》ねた栗色《くりいろ》の髪や、青い法衣《ほうい》にも染《し》み込《こ》み、かえって猛烈《もうれつ》な病《やまい》が周囲で牙《きば》を剝《む》いていることが実感され、つい、不安になって、

「それほどの障気《しょうき》なのですか、ジーク様？」

隣《となり》に座《すわ》る男に、声をかけていた。

「ただの流行病《はやりやまい》ではないな」

というのが、男の落ち着き払《はら》った返答だった。美貌《びぼう》といっていい顔を、燃《も》え立つような赤い髪が飾《かざ》っている。ボロボロの白外套《しろがいとう》に、黒革《くろかわ》の鎧《よろい》、赤籠手《あかごて》という殺伐《さつばつ》とした戦闘衣裳《せんとういしょう》であるが——その肩に担《かつ》ぐのは、いかにも戦いには不似合《ふにあ》いな、巨大《きょだい》な銀のシャ、ベ、ル、だ。

そのシャベルの柄《え》を、こつこつと指で叩《たた》き、

「普通《ふつう》、もっと障気が出るものだが……」

言いさしたとき、部屋のドアが開き、眼鏡《めがね》をかけた壮年《そうねん》の男が入って来た。

「待たせてすまんな、ジークよ」

〈白印〉の紋章を付した、肩掛《かたか》けマントをはたき、殺菌《さっきん》用の石灰《せっかい》を落としながら、

「なんとも、お手上げさ。とにかく症状《しょうじょう》が読めん。熱病《ねつびょう》が起こり、かと思ったら骨《ほね》の悪くなる病が流行《はや》り、そうするうちに胃の腐《くさ》る病が……という具合でな。まるで、世界中の病が集まってきているとしか思えんのだよ」

一気にまくしたてた。唖然《あぜん》となるノヴィアとアリスハートの傍《かたわ》らでジークは冷然《れいぜん》と、

「ドラクロワと関係《かんけい》が？」

と、本題を切り出した。

「ああ、その件だったな」

男が、思いだしたように呟《つぶや》いた。

男は、かつて従軍医《じゅうぐんい》として軍に居《い》たとき、医術《いじゅつ》の腕《うで》を認められ、聖法庁直営の救護《きゅうご》医師団である〈白十字〉の紋章を得たという。ジークが、死者を葬《ほうむ》る〈黒印〉の紋章を、白外套の背に負《お》っているのとは、対照的《たいしょうてき》だった。

「古くからの知り合い」とジークが言うこの男は、ジークの任務《にんむ》――聖法庁から秘儀《ひぎ》を盗《ぬす》んで逃《に》げたドラクロワを追う――についても、熟知《じゅくち》しているようだった。

「いつ、現《あらわ》れた？」

「ここ最近のことさ……ドラクロワから接触《せっしょく》があったと、ラプンツェル聖堂教会から、俺《おれ》の方に、ひそかに連絡《れんらく》があってな。それで、聖法庁――お前さんに、通告《つうこく》したわけだ」

「ラプンツェル聖堂教会……」

「最近の、あそこの評判《ひょうばん》を、ドラクロワが聞きつけたのかもしれん」

「評判──？」

「あそこは、〈銀の乙女《おとめ》〉の中でも、特に、傷《きず》や病を治す力を持つ……ほら、お前さんの良く知ってる……シーラ、と言ったか？」

途端《とたん》、ノヴィアが、どきっとなって、ジークの気配《けはい》を探《さぐ》った。ここでいきなり、シーラの名が出るとは、思わなかったからだ。

ひと月ほど前──ラグネナイの泉《いずみ》で、ノヴィアの心に直接焼《や》き付いた、かの女性の姿が、またぞろ思い出されていた。ジークが、恋人《こいびと》のように、シーラと呼んだ女性──

だがジークの気配は揺《ゆ》らぎもせず、いつもの寡黙《かもく》さで、ただ静かに男の話を聞いている。

「彼女も、ラプンツェル聖堂教会の出身だったな。シーラ・リヴィエール……彼女とは別の〈癒す者《リヴィエール》〉が、近頃《ちかごろ》、随分《ずいぶん》と評判でな」

「別の〈癒す者《リヴィエール》〉？」

「マリアーナ・リヴィエール」

と、男は、新たな女の名を口にした。

「近頃、聖堂長に、めでたく就任《しゅうにん》した女だ」

「マリアーナが……聖堂長に？」

「ああ……お前は、彼女とも親《した》しかったな。そう……はっきりいって、今この町が保《も》っているのも、マリアーナ聖堂長のお陰《かげ》なんだ」

蔓延《まんえん》する病《やまい》に対し、マリアーナの浄《きよ》める聖水だけが、てきめんに効《き》くのだという。

また、前の聖堂長までもが病で息絶《いきた》えた時、マリアーナが皆《みな》を率《ひき》いて聖堂内の病を一掃《いっそう》し、群《むら》がる病者《びょうしゃ》を癒《いや》した功績《こうせき》が大きく称《たた》えられ、次の聖堂長に選ばれた——というのだ。

「その評判は高まるばかりでな……こんなに病が流行《はや》ってるってのに、ラプンツェルの試《し》練《れん》に向かう者も、跡《あと》を絶《た》たん」

「試練……ですか」

ノヴィアが訊《き》くと、おや、という顔で、

「知らないのかね？　俺はまたてっきり、ジークが〈銀の乙女〉を従士《じゅうし》にしたと聞いて、あんたも〈癒す者《リヴイエール》〉かと……」

「ノヴィアは〈見守る者《エルダーシャ》〉だ」

「万里眼《ばんりがん》か——！　偉大《いだい》な透視《とうし》の力……って、それにしちゃ、お前……その——」

男が、盲目《もうもく》であるノヴィアを見やって口ごもる。ノヴィアは咄嗟《とっさ》に目を伏《ふ》せ、

「受け継《つ》いだ力が、使いこなせなくて……」

思わず悔《くや》しげな声音《こわね》が零《こぼ》れ、退屈《たいくつ》しきって肩《かた》でとろとろ睡《ねむ》りかけていたアリスハートが、

「ノヴィアに、そんな力、必要《ひつよう》ないよぉ」

慌《あわ》てて、ノヴィアの頰《ほお》を撫《な》でて言う。

ジークは、静かな面《おも》もちで、何も言わない。

男は、ちょっと気まずそうに頰を搔《か》き、

「ま、それなら、試練を受けることで、力を使いこなせるようになるかもしれん……な」

「どんな試練なんですか――？」

「いや、詳《くわ》しいことは、実際に試練を受けなければ分《わ》からんらしいし……まだ誰《だれ》も、最後《さいご》まで到達《とうたつ》した者《もの》はいないらしい」

ラプンツェル聖堂《せいどう》教会は、もともと、一人の天才的《てんさいてき》な〈銀の乙女〉が、自分の力を受け継がせるために設《もう》けた試練の場に、後世《こうせい》、成り立ったものだという。

その試練は、受けるだけでも、数年分の修行《しゅぎょう》に匹敵《ひってき》するといい、その分、命を失う危険《きけん》さえあるという――が、実際にどのようなものかは、固く他言《たごん》を禁《きん》じられているのだった。

「聖堂教会で修行する〈癒す者《リヴイエール》〉は、全員、その試練を受けるって話だしな……」

――では、シーラも、その試練を……咄嗟にノヴィアの心をよぎったのは、それだった。

「マリアーナが、直接《ちょくせつ》、ドラクロワとの接触《せっしょく》について、お前に、連絡《れんらく》してきたんだな？」

ジークが、淡々《たんたん》と、話を元に戻《もど》した。

「ああ……本来、中立《ちゅうりつ》を保つ〈銀の乙女〉だが……ドラクロワの悪行《あくぎょう》を、さすがに見かねたのだろうよ。あの男……このままでは本当に、聖法庁を転覆《てんぷく》しかねんからな」

「では、後はマリアーナに、直接訊《き》こう」

「そうしてくれ。……〈招く者《レギオン》〉のお前が味方《みかた》なのが、救いだよ。かつてドラクロワの最強の軍団《レギオン》だった、お前がな……。それとも少しは、彼に加担《かたん》する気が、あるのかな？」

男が、測《はか》るような笑《え》みをふくませて言うが、

「ドラクロワ自身が、それを望まないさ」

というのが、ジークの端的《たんてき》な答えだった。

「死者を検分《けんぶん》してくる」

そう言って墓地《ぼち》に向かうジークを、素直《すなお》に見送《みおく》るノヴィアに、

「いつもならついてくのに、いいの？」

アリスハートが、意外《いがい》そうに訊いた。

「私は、〈癒す者《リヴイエール》〉じゃないから……病気になって足手《あしで》まといになるのは、嫌《いや》だもん」

もし病死者の集まる墓地で、障気《しょうき》に中《あ》てられて病《やまい》に伏《ふ》したりしたら——恥《は》ずかしくて、

とてもジークの従士を名乗るどころではない。

何より、ここひと月の間というもの、ラグネナイの泉で暴《あば》かれた無力感が、否応《いやおう》無しに心を責《せ》めるようになっていたのだ。

亡《な》き母《はは》から受け継《つ》いだ力を、心が受け入れられない無力感と、ジークの従士として、力を使いこなし、立派《りっぱ》に助けを担《にな》いたいという思いの狭間《はざま》に、無限《むげん》の闇《やみ》が落ち込んでいた。

アリスハートがそばで、

「そんな力、必要《ひつよう》ないよ」

そう、優《やさ》しく言ってくれてなければ、どうにも耐《た》えられないほどの辛《つら》さだった……。

アリスハートは、静まり返る町を見回し、

「辛気《しんき》臭《くさ》いと、それだけで病気になりそう」

もっともなことを、明るく喚《わめ》くのだった。

翌日、三人は町を出て、丘《おか》の上に広がるラプンツェル聖堂教会の施設《しせつ》へと向かっている。

そこら中、癒《いや》しを求めて来る者でごった返しており、聖堂長マリアーナの名が付された、護《ご》符《ふ》やお守り、薬や聖水などを求め、有り金をはたく者達が跡《あと》を絶たない様子《ようす》であった。

「これじゃ、中に入れないよ」

アリスハートが呆《あき》れたように言うのへ、

「裏《うら》へ回ろう」

ジークは、肩に担《かつ》いだ巨大《きょだい》なシャベルに、行《い》き交《か》う人の注目を集めながら、やけに慣《な》れた足取りで、施設を迂《う》回《かい》してゆく。と──

「そこで何をしているっ！」

いきなり、怒《ど》鳴《な》り声が響《ひび》き渡《わた》った。

続いて、ぞろぞろと武《ぶ》装《そう》した兵達が現れる。

「丁度《ちょうど》良い。マリアーナは、いるか」

やおら振《ふ》り向いたジークが、声を投《な》げた。

「きき貴《き》様《さま》っ、マリアーナ様と呼べっ！」

怒鳴った男が、更《さら》に怒《いか》りに奮《ふる》い立つのへ、

「ここにおりますわ、ジーク」

更に裏口《うらぐち》の陰《かげ》から声が放《はな》たれるや、兵達が、一斉《いっせい》に跳《と》び上がらんばかりに驚《おどろ》いた。

「マリアーナ様っ!?」

現れた女性は、薄青《うすあお》い法衣に華《はな》やかな肩掛《かたか》けマント、胸に〈銀の乙女《おとめ》〉の紋章《もんしょう》という出《い》で立《た》ちだった。長い蜂蜜色《はちみついろ》の髪《かみ》に艶《つや》めく光をたたえ、青い目に濡《ぬ》れたような微笑《びしょう》をふくみ、

「ありがとう、隊長様。この方は、わたくしの客……旧《ふる》くからの知り合いです」

嫣然《えんぜん》と、言った。男は、う……と唸《うな》り、

「で、では、我々はこれで……」

じろり、とジークを一瞥《いちべつ》し、渋々《しぶしぶ》といった様子で、兵達を引き連れ、去っていった。

「困《こま》るわ……すっかり、お姫様扱《ひめさまあつか》いで」

マリアーナが、くすくす笑って言った。

その様子は、アリスハートなどには、

（ちっとも、困ってなさそう……）

に見えるのだが……。

「気配を感じて来てみたのよ。さ、どうぞ」

なよやかに、婉然と、手招《てまね》くのへ、

「苦手《にがて》なタイプかも……」

ノヴィアが、小さく呟《つぶや》く。

するとジークが振り向き、真面目《まじめ》な顔で、こくっとうなずいてみせるのへ、アリスハートが、ぽかんと目を丸くするのだった。

「どうぞ、皆様《みなさま》。今、お茶を運ばせるわね」

招かれた応接室《おうせつしつ》に一歩入った途端《とたん》、アリスハートが、ぎょっとなって宙ですくんだ。

石造りの外観《がいかん》とかけ離《はな》れた、豪勢極《ごうせいきわ》まる部屋であった。壁《かべ》も天井《てんじょう》も精緻《せいち》なタペストリが飾《かざ》り、シャンデリアも金縁《きんぶち》の窓枠《まどわく》も、ソファも黒檀《こくたん》のテーブルも、どれもこれも眩《まばゆ》いというか、ちぐはぐな輝《かがや》きをぎらぎら放っている。

「困るのよ……貴族からも、お布施《ふせ》や贈《おく》り物が、後から後から、贈られてきて」

何も困ることなどなさそうに、言う。

ジークは構《かま》わず部屋に入り、シャベルを肩に担《かつ》いだまま、どっかとソファに座《すわ》った。

その隣《となり》に、ノヴィアが腰《こし》を下ろす。ふと眉《まゆ》をひそめ、豪奢《ごうしゃ》なソファの刺繍《ししゅう》を手で探《さぐ》り、

（……こんな椅子《いす》、初めて座るわ）

こそっとアリスハートに耳打ちした。

それほどの、きらびやかさであった。

やがて〈銀の乙女〉の見習い修道女《しゅうどうじょ》らしい女性が茶を運び入れ、深々《ふかぶか》と、マリアーナにだけお辞儀《じぎ》をし、しずしずと退《さ》がると、

「まるで女王様扱い……本当に、困るわ」

また、言った。

「あ……あたしもお茶、欲《ほ》しいなぁ」

あはは、とアリスハートが笑って言う。最初から期待《きたい》せず、ノヴィアにねだるつもりだったが、俄然《がぜん》、マリアーナの表情が一変《いっぺん》した。

アリスハートがびくっとなるのをよそに、いきなり冷厳《れいげん》に大きく手を叩《たた》くと、

「なにか御用《ごよう》でございましょうか……」

飛《と》んできた先《さき》ほどの修道女に、

「あの妖精《ようせい》さんが見えなかったかしら?」

修道女は、はっとして、

「ただいま、お茶をもう一つお持ちし……」

みなまで言わせず、マリアーナがその頬《ほお》を、ひっぱたいた。ばしっ、と大きな音が響《ひび》き、

「わたくしに恥《はじ》をかかせてはなりません」

言うや、もう一つ、ばしっとひっぱたいた。

修道女は、震《ふる》えながら急《いそ》いでお茶を用意し、

「どうぞ……」

涙《なみだ》をこらえ、アリスハートに、ミルク入れ用の、小さなカップを差し出した。

「どうぞ、妖精さん。美味《おい》しいわよ」

味も何も、これほど不味《まず》い茶の出され方があるのかと思い知らされるアリスハートだった。ジークは泰然《たいぜん》として動かず――傍《かたわ》らのノヴィアは、呆気《あっけ》に取られて沈黙《ちんもく》している。

「貴女《あなた》はどこからいらしたの、妖精さん？」

「え……その、探してるところです」

肩《かた》をすぼめて言った。気づけばこの世に存在し、どこから来たのか、何のためにいるのか分からぬまま、寂《さび》しさに泣いていたところを、ノヴィアと出会ったのである。

「故郷《ふるさと》を求めて彷徨《さまよ》う……エインセルね」

ずばりと言う。エインセルとは、招かれた使命を忘れた、魂《たましい》の無い存在を表す言葉だった。だがマリアーナは一転《いってん》、優《やさ》しげに微笑《ほほえ》み、

「エインセルは、何かの事情《じじょう》で使命を忘れさせられているだけで、失ったわけではないのよ。いつかきっと、その使命を思い出すわ」

「そ、そうなの……？」

「ドラクロワについてだが……」

ジークが、淡々《たんたん》と話の腰《こし》を折《お》った。

「接触《せっしょく》してきたのは、いつ頃《ごろ》だ？」

「それは……わたくしの評判のせいで、ドラクロワが来たのか、ということかしら？」

たっぷりと艶《えん》を込めて笑みながら、

「違《ちが》うわ。あの男は単に、〈癒す者《リヴィエール》〉への……シーラへの思い入れが、強いだけよ」

また、その名が出た。それほど特別な女性なのかとノヴィアが我知《われし》らず身を乗り出すと、

「シーラが生きてたら、わたくしが聖堂長《せいどうちょう》になるなんて、ありえなかったでしょう……」

マリアーナは、憂《うれ》えるように言ったものだ。

「……でもあの人は、この聖堂で癒《いや》しを施《ほどこ》すよりも、自分から危険《きけん》な戦場《せんじょう》に行ってしまったわ……。ドラクロワも……そして貴方《あなた》も、シーラに癒されたのだったわね、ジーク？」

ジークは腕《うで》を組んで黙《もく》し、何も言わない。

「彼女が亡《な》くなったとき、聖堂中が彼女のためにミサを挙《あ》げたわ。ラプンツェルの試練でも、ただ一人、千《せん》の段《だん》を数えた彼女の、あまりにも早い死を惜《お》しんで……」

「ラプンツェルの試練……」

今度はにわかに、ノヴィアが顔色《かおいろ》を変えた。

「どんな試練なんですか？」

「試練の内容《ないよう》を教えるわけにはいかないの」

マリアーナが、残念《ざんねん》そうに言う。

「ただ、ラプンツェルという女性については、教えてあげられるわ。言《い》い伝《つた》えでは、見る、

だけで、人の傷《きず》や病《やまい》を癒し、時には、相手を傷つけることも、出来たそうよ」

「見るだけで……ですか」

「でも、その力を受け継《つ》ぐ者がいないことが、ラプンツェルの苦悩《くのう》だった……そのために、彼女は死の間際《まぎわ》、自分の魂《たましい》を自《みずか》らこの地に縛《しば》り付け、今なお、後継者《こうけいしゃ》の登場を待っているの……。あの、〈試練の丘《おか》〉で……」

「〈試練の丘〉……」

「貴女も、受けてみるかしら？　そうすれば、試練がどんなものかも分かるわ」

「あ、あの……マリアーナさんも……」

「わたくしも、三度ほど受けたわ」

ぎゅっと杖《つえ》を握《にぎ》りしめ、身を乗り出すや、

「誰《だれ》かへの競争心《きようそうしん》でやるのなら、やめた方が良い。本当に競《きそ》うべき相手は、自分の心だ」

ジークの言葉に冷《ひ》や水《みず》を浴びせかけられ、ノヴィアは赤くなって居《い》ずまいを正した。

「わ、私、ジーク様の従士ですし――ジーク様の許《ゆる》しが無い限《かぎ》り……」

「試練を受ける受けないは、自由《じゆう》だがな」

ずずっと茶をすすりつつ、ジークが言う。

「どっちなのさ」

呆《あき》れて、アリスハートが喚《わめ》く。

「変わらないわね。冷たい……ジーク」

マリアーナは目を細めて微笑《びしょう》し、黙《だま》ってシャベルの柄《え》を、こつこつと指で叩《たた》くジークに、

「ドラクロワは、きっとまた現れるわ。聖堂教会が協力するかどうか、答えを聞きに……。そこを、待ち構《かま》えて捕《とら》えましょう。騙《だま》し討《う》ちみたいで、気が引けて困ってしまうけど」

いささかも気が引けた様子《ようす》もなく笑って、

「それまでの間、可愛《かわい》い従士さんがどう時間を過《す》ごすか、自由ってわけよね？」

笑《え》みを、ノヴィアとアリスハートに向けた。

ジークは、何も言わなかった。


ノヴィアの用意した昼食《ちゅうしょく》を平《たい》らげると、ジークはまたぞろ町の墓地へと行ってしまった。

試練のことを聞いて、妙《みょう》に心が高ぶるノヴィアは、ジークについて行けない心苦しさもあって大人しくしていられず、聖堂教会のあちこちをアリスハートとともに歩いた。

聖堂で、病者のために忙《いそが》しく働《はたら》く〈銀の乙女《おとめ》〉達が、みな物腰《ものごし》柔《やわ》らかなのに驚《おどろ》いて、

「あの聖堂長が、怖《こわ》すぎるんだねえ……」

アリスハートが、しみじみと言う。

「良い所ね……しっかり修行《しゅぎょう》も出来て、雰囲気《ふんいき》も良くて……伝統《でんとう》もあって……」

「なんとなく、懐《なつ》かしい気もするのよねぇ」

「あら……もしこの辺りに、アリスハートの故郷《ふるさと》があるなら、私も、ここに住もうかな」

「あの狼男《おおかみおとこ》との旅はどうすんのさ」

アリスハートが呆《あき》れて笑ったとき、

「私──」

咄嗟《とっさ》に口に出来ぬほどの強烈《きょうれつ》な思いが湧《わ》き、

「どしたの、ノヴィア？」

「ううん……なんでもない」

呟《つぶや》きつつ、内心《ないしん》で、その思いを反芻《はんすう》した。

夕刻《ゆうこく》になってジークが帰り着き、食事が済《す》んで自分の寝所《しんじょ》に向かおうとするジークが、

「ゆっくり休め。しばらく自由にしていい」

こつこつとシャベルの柄を叩きながら去ってゆくのを気配《けはい》で確かめながら、ノヴィアは、完全にその思いが定《さだ》まるのを感じていた。

(試練《しれん》を受けよう──)

眠《ねむ》りに就《つ》きながら、閃《ひらめ》くようにノヴィアの脳裏《のうり》を駆《か》けるのは、その思いだった。そして、

（それで、どうにもならなかったら、自分のこの旅は、ここでお終《しま》い――）

更《さら》に強く、心つらぬく思いがあった。

枕《まくら》の端《はし》では、アリスハートがすやすやと寝息《ねいき》を立てている。

ノヴィアは改《あらた》めて、自分とジークの関係《かんけい》に考えを及《およ》ばせた。そもそも、重要《じゅうよう》な任務《にんむ》を負うジークが、何の役にも立たない自分を連れているのは、何故《なぜ》か。それは、ノヴィアを守るためだ。母《はは》を喪《うしな》い、受け継《つ》いだ力に苦しみ、無謀《むぼう》を承知《しょうち》で自棄《やけ》になっていた自分の状態《じょうたい》を、ジークは察《さっ》してくれていたのだ。

半ば、ノヴィアの好きなようにさせながら、身の回りの世話《せわ》の仕事を与《あた》えることで、ノヴィアの意識《いしき》を必要以上の葛藤《かっとう》からそらしつつ、根気《こんき》よく見守る――命がけの任務の最《さい》中《ちゅう》に、それが出来る男なのだ……ジークは。

その優《やさ》しさを思うと、涙《なみだ》が出そうだった。

（これで最後――最後の……我《わ》が儘《まま》）

試練を受け、真にジークの従士として旅を助けられるようになるか、せめてそのきっかけをつかむのだ。それが出来なければ、いつまでもジークの足手《あしで》まといになるだけだった。

そのときは潔《いさぎよ》く旅を諦《あきら》めよう。このラプンツェル聖堂教会に置いてもらい、修行を積《つ》もう。そしてそうなれば、二度と、ジークの旅に同道《どうどう》する機会は、無いだろう。〈銀の乙女《おとめ》〉

としての仕事が、自分勝手《じぶんかって》を許してくれなくなるからだ。

自分勝手でいられる今のうちが、最初で最後のチャンスだった。

そう決意《けつい》するノヴィアの脳裏からは、もはやシーラの姿も、マリアーナの言葉も、綺麗《きれい》に消え去っていた――


「良いんじゃないか」

翌日《よくじつ》、気が抜《ぬ》けそうなほど、あっさりしたジークの返答《へんとう》で、ノヴィアの試練が決まった。

代わりに、マリアーナがやけに嬉《うれ》しげに、

「ノヴィアちゃんなら、すぐに、試練を許可《きょか》出来るわね。本当、わたくしも、ノヴィアちゃんみたいな従士が欲《ほ》しいわぁ……」

などと、アリスハートを、心の底《そこ》から恐《おそ》ろしがらせるようなことを言うのだった。

ノヴィアは、端然《たんぜん》として、迷《まよ》いが無い。

ジークは何の心配《しんぱい》もしていない素振《そぶ》りで、昼からまた町の墓地へと行ってしまっていた。

「どういう試練なんだろうねぇ」

ノヴィアがどんな決意をしたか知らないアリスハートが、興味津々《きょうみしんしん》で言うのにも、

「明日になれば、分《わ》かるわ」

微笑《びしょう》して、返すのだった。

その夜——ジークに甘《あま》えるのはこれで最後だという思いゆえに、かえって安《やす》らかに眠《ねむ》りに就《つ》いたノヴィアは、夢《ゆめ》の中で、ふと、誰《だれ》かと話している自分に気づいていた。

相手は、母だった。今まで言いたくても言えなかったことを、火を吐《は》くように叫《さけ》んでいる。それが収《おさ》まると、今度は大声で泣《な》き喚《わめ》き、かと思うと、まるで自分が母の友人《ゆうじん》であるかのように穏《おだ》やかに互《たが》いの事を話し合っている。

そのことに現実《げんじつ》の自分が気づき——ふと夢を離《はな》れ、うっすらと目蓋《まぶた》を開き、

「母さん……」

自分の目が、確かに物を見ている、、、ことにも気づかず、すぐにまた、夢に戻《もど》ったのだった。

同じ頃——

「理想《りそう》の為には手段《しゅだん》を選《えら》ばない——もともと、そういう男だったのか、それとも……」

悄然《しょうぜん》と、夜空に問うジークの姿があった。

「シーラ……お前は、どう思う……？」

むろん答えはない。ふと——そこで、別の誰かに呼ばれたように、夜の高みを振《ふ》り仰《あお》ぎ、

「分かっている。何百年もの束縛《そくばく》の果てに、その魂《たましい》、俺の従士が、必ず解《と》き放《はな》つ……」

それを最後に、部屋に戻っていった。

試練の日が来た。ノヴィアはアリスハートとともに、マリアーナに連れられ、〈試練の丘《おか》〉に向かった。ジークも、この日はどこにも行かず、黙々《もくもく》とノヴィアに同行《どうこう》している。

丘を登りきり、石畳《いしだたみ》が敷《し》き詰《つ》められた平《たい》らな場所に出た。何人かの〈銀の乙女《おとめ》〉が佇《たたず》み、

「ここ？　なんにもないよ？」

アリスハートの言う通り、下方《かほう》に町が見晴《みは》らせる他《ほか》は、何も見えない。ただ、石畳には大きく聖印《ハイリヒ》が記《しる》されており、その縁《ふち》に沿《そ》って、〈銀の乙女〉達が立ち並んでいるのである。

マリアーナが、ノヴィアを中央にいざない、

「そこに、目に見えない階段があるわ」

試練の説明《せつめい》は、それきりと言って良かった。

ノヴィアが杖《つえ》で辺りを探《さぐ》ると、こつん、と何もない場所で、音が跳《は》ねた。こつこつとそれを叩《たた》く。何もないそこに、何かがあるのだ。

「確かに……階段《かいだん》があります」

「んな、馬鹿《ばか》な」

アリスハートがそこに舞《ま》い降《お》りようとすると、するりと通《とお》り抜《ぬ》けてしまう。だが、ノヴィアが杖を突《つ》くと、確かに音がするのだ。

ノヴィアが、右足を、そこに乗《の》せた。

ほう……とジークが、珍《めずら》しく感嘆《かんたん》した。

更《さら》に左足を乗せると、ちょうど階段を一段上がった形で、ノヴィアの体が、宙に浮《う》く様《よう》子《す》を、アリスハートが呆然《ぼうぜん》となって見ている。

「そこに階段があると信じる限り、ラプンツェルは、自分のいる天空《てんくう》に貴女《あなた》を導《みちび》くわ。しかし階段の存在が信じられなければ……階段は消え、試練者は、落ちます」

「はい。分かりました」

「命を失うほどの高さで、もし不安が起こったら、すぐに階段を降りなさい。さもなくば、真《ま》っ逆様《さかさま》に落《お》ちることになるわ」

「はい。分かりました」

ふと、そのとき、その場にいる全員《ぜんいん》が、あることに気づいた。そもそもノヴィアの目が、見えないことに――である。

「ノヴィアには大《たい》したことないんじゃん？」

アリスハートが、明るく言う一方、マリアーナが、慌《あわ》てたようにジークに耳打《みみう》ちした。

「この子、危《あぶ》ないわ。自分がどんな高さに居るか、分からないかも――」

「ただ登《のぼ》って行けば良いだけだ」

ジークが、ノヴィアにも聞こえるような声で言った。マリアーナが驚《おどろ》くのも構《かま》わず、

「下で誰が何を騒《さわ》ごうと、お前が気にすることはただ一つ——自分の心だけだ」

ノヴィアの肩《かた》に触《ふ》れ、はっきりと励《はげ》まし、

「太陽《たいよう》に手が触れるまで、登って来い。俺とチビが、ここで待っている」

「は……はいっ」

いつもはチビと呼ばれて怒《おこ》るアリスハートも、妙《みよう》にじーんとして許《ゆる》してしまうのだった。

間もなく、ノヴィアの試練が、始まった。

階段は螺旋状《らせんじよう》になっているらしく、ノヴィアの足取りだけが、その透明《とうめい》な形状《けいじよう》を探る手《て》掛《が》かりだった。三人の〈銀の乙女《おとめ》〉が下から段を数え、百段を越《こ》える頃《ころ》には、ノヴィアの姿がどんどん小さくなっていった。

「お前は、何段まで登った？」

ふと、ジークが、マリアーナに訊《き》いた。

「五百五十二段——」

正確《せいかく》な数字で答えた。よほど、その時の試練の恐怖《きようふ》が、身にしみているのだろう。

「……確か、聖堂長になるには、七百段を越《こ》えることが、規定《きてい》だったな……」

その言葉に、みながはっとなった。マリアーナの顔が、みるみる怒《いか》りの形相《ぎょうそう》を帯《お》びる。

「関係《かんけい》ないわ。わたくしは癒《いや》しの力で……」

どん！　ジークが激《はげ》しく石畳《いしだたみ》にシャベルを突《つ》き刺《さ》す音が、マリアーナを黙《だま》らせた。

「己《おのれ》の限界《げんかい》を知ることによって、己に打《う》ち克《か》つすべも得《え》られる……だが、お前は別《べつ》の方法に頼《たよ》った。ドラクロワの授《さず》けた陰謀《いんぼう》に……」

「え、なに、どういうこと？」

アリスハートがきょとんとなって言うのと、

「おやりなさい！　今すぐ！」

マリアーナが、叫《さけ》ぶのとが、同時《どうじ》だった。

突然《とつぜん》、丘《おか》の四方《しほう》から矢《や》が降《ふ》り注《そそ》ぎ、〈銀の乙女〉達が絶叫《ぜっきょう》を上げて倒《たお》れた。

アリスハートが慌《あわ》てふためく横で、ジークが素早《すばや》くシャベルの柄《え》を外し、銀剣《ぎんけん》を抜《ぬ》きざま、刃《やいば》を閃《ひらめ》かせ、飛んできた矢を打ち払《はら》う。

と——、続けて丘の四方から、真っ白い甲冑《かっちゅう》の兵団《へいだん》が、槍《やり》を構《かま》えて押《お》し寄《よ》せてきた。

その兵団の姿たるや、全身、白薔薇《しろばら》の模様《もよう》に金糸銀糸の縁取《ふちど》りをし、アリスハートが呆《あき》れ返るほどに、豪華《ごうか》な装飾《そうしょく》まみれなのである。

「死者《ししゃ》の声を聞く貴方《あなた》に、隠《かく》し事は無理ね」

マリアーナが、悪《わる》びれずに言った。

「ドラクロワが、お前に疫病《えきびょう》を操《あやつ》る法を授《さず》けたな？　代《か》わりに、あいつは何を望《のぞ》んだ？」

「秘儀《ひぎ》の要《かなめ》となる物を育てること——ここが、その場所よ……気づかなかったかしら？」

にわかに、石畳の聖印《ハイリヒ》がじわりと赤い液体《えきたい》をにじませ、アリスハートが悲鳴《ひめい》を上げた。

「ば、ば、化け物ぉぉっ!?」

あの、グノーの洞窟《どうくつ》で見たのと同様《どうよう》のものが、石畳一面に盛《も》り上がり、鼓動《こどう》していた。

「ドラクロワは言ったわ……試練を求める強い魂《たましい》は、疫病で殺す民衆《みんしゅう》の魂《たましい》の、何倍も役に立つって……そして〈招く者《レギオン》〉の魂は、その何百倍も〈刻《とき》の竜頭《りゅうず》〉を成長《せいちょう》させる……貴方は、もともとそのための存在なのかしら？」

無言《むごん》のジークを、マリアーナが嘲笑《あざわら》った。

「貴方が魔《ま》兵《へい》を招《まね》こうとしたら、すぐに、階段を登っているあの子に、矢を射《い》るわよ」

「な、なにそれぇっ!?」

アリスハートが、文字通り仰天《ぎょうてん》する一方、

「やれば良い」

ジークには、動《どう》じた風も無い。

「ちょ、ちょっと、狼男《おおかみおとこ》ぉ、それは……」

「本当にやるわよ、ジーク。でも貴方さえ黙《だま》って死んでくれれば、あの子は、わたくしの従士として……」

「やってみろ」

マリアーナがさっと表情を消した。ぱちりと指を鳴らすと、脇《わき》にいた兵が弓を構《かま》え、

「足を狙《ねら》いなさい」

すかさず矢が放たれた。上空へと走るや、にわかに風が巻き、横殴《よこなぐ》りに矢を吹《ふ》き払《はら》い、

「そんな……！」

上空のノヴィアの法衣《ほうい》は、乱《みだ》れもしない。

「浅知恵《あさぢえ》だったな――ノヴィアは既《すで》に、ラプンツェルの祝福《しゅくふく》によって守られている！」

大音声《だいおんじょう》とともに、左手が激《はげ》しく雷花《らいか》を帯び、

「ジーク・ヴァールハイトが招く！」

雷花の束を、掌《てのひら》ごと地面に叩《たた》きつけた。旋風《せんぷう》と稲妻《いなずま》が走り、兵達が驚愕《きょうがく》の声を上げ、

「金刻星《ヴェニュス》の連なりの下《もと》、麗魔《れいま》ファーガスとなりて我《わ》が敵に躍《おど》りかかれ！」

次々に地面から飛び出したのは、体は女性だがその頭も手足も鋭《するど》い刃《やいば》という魔兵だった。

「射手座の陣《アドナキエル》！」

言下《げんか》、四方《しほう》に展開《てんかい》し、宙を舞《ま》い飛びながら、散《ち》り散《ぢ》りに手足の金属を飛ばした。その飛

来する刃が、凄《すさ》まじい速度《そくど》で白薔薇《しろばら》の鎧《よろい》を貫《つらぬ》き、兵達の包囲陣《ほういじん》が一転して乱《みだ》れに乱れた。

「お前の病に殺された〈銀の乙女《おとめ》〉達の魂《たましい》が、お前を呼んでいるぞ、マリアーナ」

凍《こお》りつくマリアーナの眼前《がんぜん》に、阿鼻叫喚《あびきょうかん》の修羅場《しゅらば》が繰《く》り広げられようとしていた。


足が止まっていた。いったい何段目か。三百から先は、数えるのをやめていた。

今、ノヴィアは、背筋《せすじ》が凍りつくような恐怖《きょうふ》に襲《おそ》われながら懸命《けんめい》に杖《つえ》で宙を探《さぐ》っていた。そこにあると思っていた階段が無く、危《あや》うくバランスを崩《くず》しそうになったのだ。そのせいで、それまで一定の調子《ちょうし》で登っていたのが、急に恐怖にとらわれ、動けなくなっていた。

やがて杖で探り当て、また一段、登った。

螺旋状《らせんじょう》になっていた階段が、急に形を変えた——。そう悟《さと》るや、それまで登ってきた高さが自覚《じかく》され、ついで、真《ま》っ逆様《さかさま》に落ちる自分の姿が想像された。ぞっと慄《ふる》えた。もし、そこにあると思って踏《ふ》み出した先に、階段がなかったら……それ以上に、今立っている階段が消えたら——層倍《そうばい》の恐怖が心身を襲《おそ》った。

杖が宙をさまよう。ついで自分の体が揺《ゆ》れ、恐怖で顔中が歪《ゆが》み、涙《なみだ》がにじんだ。

「怖《こわ》いよぉ……」

思わず言葉が零《こぼ》れた。励《はげ》ましてくれる者はいない。助けてくれる者さえいない。完全な孤独《こどく》の中で、ノヴィアは、ただ足を進めることさえ出来ない自分の情けなさに震《ふる》えていた。

寂《さび》しさを伝えるべきだった――ふいに、そんな想念《そうねん》が湧《わ》いた。

分かってくれない母を責《せ》めるのと同時に、分かってもらおうとしない自分をどうにかすべきだった。もっと言葉を交《か》わせばよかった。心を放てばよかった。

何もかもが遅《おそ》すぎた。その後悔《こうかい》が心の中で嵐《あらし》のように吹《ふ》き荒《すさ》び、今いる場所へのたまらない恐怖とともに、もはや恥《は》ずかしいと思う余裕《よゆう》さえ失い、涙を溢《あふ》れさせて大声で喚《わめ》いた。

「助けてよ！　助けてよ！　怖いよぉっ！」

それでも、必死で階段を降りようとする自分と戦い、声を嗄《か》らして叫《さけ》び続けた。

いったいどれほどの間、そうして喚き続けていたのか――

気づけば、自然と涙も引き、やけに清々《せいせい》とした気分が、心身に訪《おとず》れていた。

ふと、無の心に、何か引き寄せられるものを感じ、反射的に、足が動いた。

一瞬《いっしゅん》だけ恐怖が薄《うす》れ、足は見事に新たな一段を踏んでいる。そのとき突然《とつぜん》、自分を引き寄せるものの意図《いと》を察した気がした。それはごく自然なことだった。この階段は、そこにあるのではない。作り出されるものであり、登る者の心が、それを存在させるのだ――そう思ったとき、誰かが頭上で微笑《ほほえ》んだ気がした。途端《とたん》、なすすべのないほどのこの困難《こんなん》の中で、自分が今すべきことを、ふいに悟った。

ノヴィアはゆっくりと息を整《ととの》えた。

そして、そっと、握《にぎ》りしめていた杖《つえ》から手を離《はな》し——

今や迷いの元となったそれを、捨て去ったのだった。


あっと声を上げたのはアリスハートだった。

杖が落ちてきて石畳《いしだたみ》の上で折《お》れ砕《くだ》ける様に、

「ノ、ノヴィアの杖が……！」

「ノヴィアが落ちて来たわけじゃない」

ジークは、悠然《ゆうぜん》と返したものだ。

勝敗《しょうはい》は、既《すで》に決したといってよかった。

白薔薇《しろばら》の兵団は自らの血でその鎧《よろい》を赤く染《そ》め、大半が地を這《は》っている。単純な包囲戦などジークに通じるはずもなく、もはや壊滅《かいめつ》状態の兵達を前に、しかし、マリアーナは、

「さすがの貴方《あなた》にも、読めなかったようね」

突然、けたたましい笑い声を上げ、言った。

「それも当然ね。ほとんど偶然《ぐうぜん》なのですもの。貴方が、エインセルを連れているなんて」

「なに——？」

咄嗟《とっさ》に、ジークはアリスハートを見やった。

「え……あたしが、なに？」

「わたくしが、最初にドラクロワに協力《きょうりょく》したのは、二年も前のことよ。あらゆる策《さく》を講《こう》じ、中には、すぐに成果《せいか》が表れない分、より確実な仕《し》掛《か》けも施《ほどこ》したわ——可愛《かわい》い妖精《ようせい》さん」

アリスハートがぽかんとなるのも構《かま》わず、

「貴女《あなた》の故郷《ふるさと》は、ここから西にあるわ」

「はぁ……？」

「わたくしとドラクロワはそこで多くのエインセルを招き、各地に放ったわ。貴女の特《とく》徴《ちょう》は、目立たぬよう力を吸《す》う遅《ち》成型《せいがた》であることよ、妖精さん。ノヴィアちゃんが、いつまでも力を使いこなせなかったのも、貴女が少しずつ、力を吸い取っていたせいでもあるわね」

婉然《えんぜん》と笑うマリアーナの言葉に、ジークもアリスハートも、愕然《がくぜん》として凍《こお》りつき、

「力を持つ者を求めて彷徨《さまよ》う妖精さん……意志を持つまでに育った貴女こそ、最初の歯車よ。疫病《えきびょう》で死んだ全《すべ》ての魂《たましい》と、ここで這いつくばってる馬鹿《ばか》どもの魂を捧げて——」

「よせっ——！」

ジークが切迫《せっぱく》の声を上げた。目にも止まらぬ迅《はや》さで、その手の銀剣《ぎんけん》を投げ放つや——

「回り出すのよ、〈刻《とき》の竜頭《りゅうず》〉が！」

マリアーナが叫《さけ》んだ。次の瞬間《しゅんかん》、その胸元《むなもと》をジークの剣が貫《つらぬ》くや、マリアーナを中心に目に見えぬ力が迸《ほとばし》った。地に這う騎士団《きしだん》が一斉《いっせい》に断末魔《だんまつま》の絶叫《ぜっきょう》を上げた。地面が揺《ゆ》れ、一面に赤黒く鼓動《こどう》する巨竜《きょりゅう》の化石が、咆吼《ほうこう》を上げ、塔《とう》ほどもある身を起こしたのだった。

アリスハートが驚愕《きょうがく》の叫びを上げた。その体が、目の眩《くら》むような金の輝《かがや》きを放っている。

その輝きに向かって、化石の竜が、首をもたげた。咄嗟《とっさ》にジークがけしかけた魔兵どもを四肢《しし》でなぎ倒《たお》し、ジークの眼前で、

「いや……やだ……助けて……」

ジークに必死の目を向けるアリスハートを、竜がひとのみに食らったのだった。

その様子を、マリアーナが微笑《びしょう》して見つめ、

「死は、怖《こわ》くない……ドラクロワは、言った……選ばれた者による、死の無い世界……争《あらそ》いを永久《えいきゅう》に無くすため……死を無くす……」

口に大量の血が溢《あふ》れ、倒れた。ジークが駆《か》け寄《よ》って剣を抜《ぬ》いたとき、既《すで》に絶命《ぜつめい》していた。

剣を手に、ジークが振《ふ》り返る。そこに、アリスハートを食らった竜が、全身を金に輝かせ、見る間に肉体を生じてゆくのだった。

無限に続くかと思われた階段の頂上に、今、到達《とうたつ》したことを、ノヴィアは知った。

階段から落ちることも、帰るということさえも忘れ、登り続けたのだ。涼《すず》しげな風《かぜ》に、思わず微笑が零《こぼ》れた。そして今、自分を宙に支《ささ》え、見守っている存在へと、意識を向けた。

(――待っていました)

何百年もの間、自らをこの天空に縛《しば》り付けてきた魂の切々《せつせつ》とした思いが流れ込んでくる。

(新たな力を、求めていますか――？)

ノヴィアの心持ち次第《しだい》では、今にも想像を絶《ぜっ》する力の奔流《ほんりゅう》を受けそうになるのへ、

「私……自分で使いこなせない力は、もう、十分なんです。ごめんなさい……私、この階段を登らせて頂《いただ》いただけで、満足です」

暖《あたた》かな気配に包まれながら、言ったものだ。

途端《とたん》――力の奔流が綺麗《きれい》に消え去り、

(それこそが、力です)

ノヴィアの隙《すき》を突《つ》くようにして、にわかに全身が燃《も》え盛《さか》るかのような感覚が湧《わ》いていた。

あっと目を見開き、ノヴィアはそれを見た。

青空のもとで虹色《にじいろ》に輝くもの――一段一段踏《ふ》みしめ、辿《たど》り着き、今や水晶《すいしょう》が陽光《ようこう》を受けるかのように輝く、長い長い階段だった。

そして、それを見る自分の目が開いたのだということを、深く実感しながら、

(貴女《あなた》の目に宿《やど》るのは、万里《ばんり》を見通す透視《とうし》の力――それに、私の幻視の力を、委《ゆだ》ねます)

そっと天空を見上げた。ラプンツェルの望みを察し、静かに息を整え、ノヴィアは、偉《い》大《だい》な魂を送るための、葬送《そうそう》の歌を歌った。

体が、静かに宙を降りてゆく。

遠かった地面がゆっくりと近づき、やがてノヴィアの目に、丘《おか》の上に立つ、巨大《きょだい》なものの姿が、映っていた。塔《とう》ほどもある身を赤黒く脈動《みゃくどう》させ、爬虫類《はちゅうるい》に似た顔と四肢《しし》に、異様《いよう》なほど鋭《するど》い牙《きば》と爪《つめ》を生《は》やし、荒《あ》れ狂《くる》っている。

その怪物《かいぶつ》に、ただ一人、ジークが、魔兵《まへい》を率いて戦っている姿が、見えた。

更《さら》には、その巨大なものの中にのみ込まれた大事な友達の姿さえもが、はっきりと見え、

(これが、万里眼……お母さんの力……)

地面が接近し、ふわりと、降り立った。

怪物の目が、ノヴィアを向いた。すかさず、ジークが、ノヴィアの前に立ちはだかり、

「ノヴィアっ！　逃《に》げろっ！」

ジークの叫《さけ》びと、ついで、魔兵をその爪で一瞬に引き裂《さ》く巨大な怪物の咆吼《ほうこう》が重《かさ》なった。

ノヴィアは、咆吼する怪物から逃げもせず、すっとジークの傍《かたわ》らに立った。その動作《どうさ》に、

「目が、見えるのか」

訊《き》くのへ、決然《けつぜん》とうなずき――言った。

「大きな、金色に光る矢が……見えます」

その瞬間《しゅんかん》。何もない宙に、続けざまに空を切る鋭《するど》い音が響《ひび》き、怪物の体のそこかしこに、巨大な金色の矢が次々に突《つ》き立っている。

さすがのジークが、驚《おどろ》きに瞠目《どうもく》した。

怪物が、身をよじって苦悶《くもん》の叫びを上げた。

「鎖《くさり》が……見えます」

今度は、突《つ》き刺さった矢尻《やじり》に鎖が現れ、見る間に怪物の動きを封《ふう》じるではないか。

このとき、ノヴィアの目は、現実の光景《こうけい》と同時に、実際には存在しない幻《まぼろし》を、見ていた。

それは幻を見ることによって具現《ぐげん》する――

「ラプンツェルの――幻視《ヴィジョネイル》の力……」

ノヴィアが、告げた。そのとき――怪物が咆吼を上げ、鎖を引き千切《ちぎ》った。咄嗟《とっさ》にノヴィアは更《さら》なる束縛《そくばく》を見ようとしたが、急に、血の気が引くほどの疲労感《ひろうかん》に襲《おそ》われていた。

それが、力を継承《けいしょう》したばかりの、ノヴィアの限界《げんかい》だった。

怪物の背に、辺《あた》りが暗くなるほど巨大な翼《つばさ》が生え、強風を巻《ま》いて宙に浮《う》き、

「待って、アリスハート！」

ノヴィアの叫びも虚《むな》しく、瞬《またた》く間に上空に舞《ま》い上がり、西の方角へと飛び去って行った。

「あの向こうに……ドラクロワがいる」

傷《きず》だらけのジークが立って、静かに呟《つぶや》いた。

ノヴィアは、はっと振《ふ》り返り、ほとんど初めて見るジークの顔を、眩《まぶ》しそうに見上げた。

「追うぞ。あのチビを、助けるんだ」

「助ける……もし助けられなかったら……」

言いさして、ノヴィアは言葉をのみ込んだ。

ジークの決然とした表情は、もしもの時のことなど、微塵《みじん》も考えていないように見えた。

ノヴィアは、黙《だま》ってうなずいた。自分が新たに得た力こそ、それではないか——強く、そう思った。それは、遠くを見通すことでも、幻を見ることで具現することでもない。

生きてゆく上での、勇気の力だった。

目に見えない階段の存在を信じて、足を踏《ふ》み出すように——ノヴィアはただアリスハートの無事を信じ、ジークとともに丘《おか》を降りた。

第六話　エインセルの魂

夕闇《ゆうやみ》が淡《あわ》く朧《おぼろ》に降《お》りる森の底に、二人の人影《ひとかげ》が、腰《こし》を下ろしている。

一人は、長身の男であった。燃《も》えるような赤髪《せきはつ》が、研《と》ぎ澄《す》まされた美貌《びぼう》を飾《かざ》っている。

ボロボロの白外套《しろがいとう》に、黒革《くろかわ》の鎧《よろい》、腕《うで》には赤籠手《あかごて》と、実に殺伐《さつばつ》とした戦闘衣裳《せんとういしょう》である。が、その膝《ひざ》に横たえるのは、いかにも戦いとは無縁《むえん》そうな、大きな銀のシャベルだった。

今、そのシャベルで浅《あさ》く掘《ほ》った穴に、薪《たきぎ》が積《つ》み重《かさ》ねられている。火は、ついていない。

「見えるか、ノヴィア」

男が言う。薪を挟《はさ》んで、一人の少女が、男と向かい合って、座《すわ》っていた。

男の背丈《せたけ》の半分にも満《み》たぬ、小柄《こがら》な少女である。その青い法衣《ほうい》の胸元《むなもと》には、聖性《せいせい》を力とする〈銀の乙女《おとめ》〉の紋章《もんしょう》が、飾られている。

淡く透《す》き通る紫《むらさき》の瞳《ひとみ》を、一心《いっしん》に薪に向け、

「あ……火が、見えます、ジーク様」

呟《つぶや》くや、ふいに、ほのかな明りが灯《とも》った。

薪に、火が生《しょう》じたのである。なおも炎《ほのお》を見つめる少女の目が、火の明りを呑《の》んで、更《さら》にはっきりと赤く燃える火の姿を見いだしていた。

幻視《ヴィジョネイル》の力——そこにそれがあるという幻《まぼろし》を見ることで、具現《ぐげん》させる力である。

それが、この少女が試練《しれん》の果《は》てに得た力だったが——

少女が、ふっと息を抜《ぬ》いて、顔を上げた。

その途端《とたん》——薪から、火が消え失《う》せた。

焦《こ》げ付いた匂《にお》いとともに、濃《こ》い闇が訪《おとず》れる。

あ……と拍子抜《ひょうしぬ》けしたように少女が嘆息《たんそく》を零《こぼ》す。男が、無言《むごん》で火打《ひう》ち石を取り出した。

間もなく、男の手で、火が焚《た》かれた。

「私に、使いこなせるでしょうか……」

心細げに言う少女——ノヴィアの視覚《まなざし》には、今や幻視《ヴィジョネイル》の力と、あらゆるものを透視《とうし》する万里眼《ばんりがん》の、二つの力が継承《けいしょう》されているのだった。

「力を使いこなすには、限界を知ることだ」

男——ジークが、淡々《たんたん》と言う。

ノヴィアは、はい……、と二つの力の重さに耐《た》えかねるように目を伏《ふ》せ、返答《へんとう》した。

限界——ノヴィアの幻視《げんし》は、まだ、人や動物や火など、複雑《ふくざつ》なものや、他のものに強い影響《えいきょう》を与《あた》えるものを具現するのは難《むずか》しかった。

また、矢を具現させても、真《ま》っ直《す》ぐ飛ぶだけで、軌道《きどう》を自由に変えるのは無理だ。

幻視も透視も、一日に何度も使えず、二つの力を一度に使うとなると、気を失うほどの

疲労《ひろう》に襲《おそ》われた。自由に使いこなすには、それこそ何十年もの修行《しゅぎょう》が必要で、ノヴィアは、

(大丈夫《だいじょうぶ》、ノヴィアならすぐ使えるよ――)

明るくそう言ってくれる声を、求めていた。

掌《てのひら》ほどの妖精《ファアー》――金の瞳《ひとみ》と髪《かみ》、白いドレスから覗《のぞ》く羽も金に輝《かがや》く、大事な親友――

(アリスハート……)

その姿が、今、無いことに、たまらない寂《さび》しさを覚えるノヴィアに、

「視覚《まなざし》に関係する業《わざ》は、聖法庁でも僅《わず》かしか使い手がいないほど、難易度《なんいど》が高い……」

ジークは、慰《なぐさ》めるでも励《はげ》ますでもなく、

「まあ、慣《な》れだ」

あっさりと、言った。

「慣れ……ですか」

「ある男が、そう言っていた。そいつは、幻惑《げんわく》の力を得意とする――幻術《げんじゅつ》の達人《たつじん》だった」

いったい誰《だれ》のことかと疑問《ぎもん》に思っていると、

「ドラクロワという男だ……」

その名を告《つ》げ、ノヴィアを驚《おどろ》かせた。

二年前、聖法庁から秘儀《ひぎ》を盗《ぬす》み出して逃《に》げて以来、各地で暗躍《あんやく》を繰《く》り返す男――その男

の追討《ついとう》こそが、ジークの使命であるのだ。

「俺《おれ》が魔兵《まへい》を招《まね》く業も、いわば、幻《まぼろし》の力だ。強い力が、形をなし、魔兵として人の目に映《うつ》る――人の目に映ることによって、それは実体として更に強固《きょうこ》になる。人の目に映る、ということは、それだけで力になるものなんだ」

「い、い、い、い、人の目に映ることが……力に」

「エインセルも、その力によって、この世に存在していると言っていい――」

エインセル――いわば、意志を持った幻だった。そのエインセルであるアリスハートが、怪物《かいぶつ》と化して飛翔《ひしょう》してから三日が経《た》っている。

ノヴィアが、万里眼でその行方《ゆくえ》を追い続けていたが、ある地点で、急に見失ったのだ。

今、ジークとノヴィアは、その怪物が消息《しょうそく》を絶《た》った地点へと、向かっているのである。

「あれが、アリスハートだなんて……」

ノヴィアが最後に見たその姿は、巨大《きょだい》な怪物だった。翼《つばさ》を生やして飛び、塔《とう》ほどもある身は赤黒く脈動《みゃくどう》し、爬虫類《はちゅうるい》に似《に》た顔に牙《きば》を剝《む》き、四本の足には鎌《かま》のごとき爪《つめ》――その姿を思い出すたび、おぞましさにぞっとなった。

「〈刻《とき》の竜頭《りゅうず》〉……って、何なんですか」

「外典《げてん》イザーク書に記《しる》された秘儀の名だ」

「外典……？」

「聖法庁の中でも、特に禁《きん》じられた書――ドラクロワが盗み出したものだ」

いつものごとく短い説明に、

「ドラクロワも、幻を追っているんだ――」

ジークはぽつりと、呟《つぶや》くように付け加えた。

その幻が、確かな形を得て力を振《ふ》るい出す前に、止めなければならない――そしてジークは、その方法も、既《すで》に考え出しており、

「いいか。俺とお前の力を使って、あのチビを元に戻《もど》す方法は、こうだ――」

説明するジークの顔を、ノヴィアは、しっかりと見つめた。その顔は、盲目《もうもく》であったノヴィアが思い描《えが》いていた以上に、精悍《せいかん》で、鋭《するど》く研ぎ澄まされ、そして頼《たよ》り甲斐《がい》があった。

アリスハート――貴女《あなた》は幻なんかじゃない。

ジークの顔を見つめながら、ノヴィアは強く思う。貴女には魂《たましい》がある。それが私と貴女を出会わせてくれた。貴女は決して、役目が終わったら消えてしまう存在なんかじゃない。

その思いを噛《か》みしめ、眠《ねむ》りにつく間際《まぎわ》、

「頑張《がんば》るのよ、ノヴィアちゃん」

そっと、自分に向かって呟いた。そして、

「はい……頑張ります」

小さく自分で返した途端、涙《なみだ》が零れた。

それは地に降り、翼《つばさ》を畳《たた》むと、天に向かって壮絶《そうぜつ》な咆吼《ほうこう》を上げた。忘れたはずの故郷《ふるさと》に帰り着いたことへの、幸せの咆吼であった。

その幸せに、今やそれの核《かく》である、小さな存在は完全にのみ込まれてしまっている。

今まで抱《いだ》き続けてきた虚《むな》しさ寂《さび》しさは消え、

(アリスハート……)

誰《だれ》かが呼《よ》んだ気がしたが、それが誰の声であるかも、思い出せなくなっていた。

やがて、怪物《かいぶつ》の体のあちこちに、金に輝《かがや》く糸が生じた。その柔《やわ》らかな糸に包《つつ》まれ、四肢《しし》を丸め、眠りにつこうとした、そのとき――

「〈竜繭《りゅうけん》〉が……ついに具現する」

声とともに、何人かの人影《ひとかげ》が、現《あらわ》れていた。

中でも、声の主の姿が、怪物の目を引いた。

しなやかな長身に、長い銀髪《ぎんぱつ》――そしてその顔には、銀に光る、仮面を着けているのだ。

「〈竜精〉は力を集めてさまよい、〈竜骸《りゅうがい》〉は大地にて魂《たましい》を食らう――二つが合わさって

〈竜体〉と化し、始まりの地にて〈竜繭〉となるのだ……秘儀《ひぎ》を招く、繭《まゆ》に……」

仮面の男の冷ややかに響《ひび》く声を耳にしながら、怪物はやがて深い眠りに落ちていった。


ふと、何かの気配《けはい》で、ノヴィアは目覚《めざ》めた。

静まりかえる闇《やみ》に、誰かが立っている。

ジークかと思って起き上がったノヴィアは、そこで、ぎくりと身を強張《こわば》らせた。

すぐ目の前で、一人の少女が、闇に浮《う》かぶようにして、ノヴィアを見つめていた。

ノヴィアと、ほぼ同年齢《どうねんれい》の少女である。

何色ともつかぬ淡《あわ》い瞳《ひとみ》に、切々《せつせつ》とした悲しみの光を溜《た》めて、こちらを見ている。

長い金の髪《かみ》が、薄手《うすで》の絹衣の胸元《むなもと》にまでかかっており、朧《おぼろ》なその体を通して、かすかに、向こう側の木々が、透《す》けて見えていた。

だが、何よりノヴィアを凍《こお》りつかせたのは、その少女の相貌《かお》であった。それは、ノヴィアのよく知る者に、あまりによく似ているのだ。

少女が、すうっとその白い指を上げた。

少女が指さす先に、ノヴィアが目を向けた途端《とたん》――少女の姿が、ふっと薄らいだ。

「待って……貴女《あなた》は――？」

咄嗟《とっさ》に、ノヴィアが声をかけると、少女の唇《くちびる》が、小さく動き——そして、消え去《きさ》った。

「どうした」

ジークが身を起こす。ノヴィアは、少女が消えた空間を見つめたまま、

「……アリス」

少女が残した名を、呟《つぶや》いていた。


森を出て丘《おか》を越えると、急に豊饒《ほうじょう》な農耕地《のうこうち》が出現していた。収穫《しゅうかく》を控《ひか》えた黄金色《きんいろ》の穂《ほ》の海に囲《かこ》まれるようにして、石英《せきえい》造りの豪奢《ごうしゃ》な聖堂《せいどう》を中心とした都市《とし》が見え、

「聖地ラフェンドラだ」

ジークが告《つ》げた。古来《こらい》、この地帯《ちたい》には、天界からの聖性が降《ふ》り注《そそ》ぎ、どんな作物《さくもつ》を植えても、必ず豊作《ほうさく》になるのだという。

土地の領主《りょうしゅ》は、代々聖地の司祭《しさい》の役目も兼《か》ねており、聖法庁とも、同盟《どうめい》の関係にあった。

だが何より重要《じゅうよう》なのは、この地こそ、怪物と化したアリスハートが消えた地点であり——そしてまた、昨夜、現れた少女が、指さした場所でもあるということだ。

ジークは、聖法庁の使者という立場で、直接《ちょくせつ》、領主に色々と訊《き》くつもりだと言い、

「偶然《ぐうぜん》にしては、出来《でき》すぎている」

市庁舎《しちょうしゃ》への道すがら、憮然《ぶぜん》と呟いたものだ。

「あの女の子は、なぜ現れたのでしょうか」

「分からない。俺の方に出たなら、捕《とら》えて尋問《じんもん》することも出来たが……」

「幽霊《ゆうれい》でも、女の子を尋問だなんて……」

「戦場の作法《さほう》に則《のっと》って行う訊問だ。素直《すなお》に吐《は》けば、そうそう乱暴《らんぼう》なことはしない」

「私の方に出た理由……分かる気がします」

ここにアリスハートがいたら、そういう問題なのかと口を挟《はさ》んだであろうような会話を交《か》わしながら、やがて市庁舎に到着《とうちゃく》した。


「空を飛ぶ怪物《かいぶつ》が、ここに来た――？」

ラフェンドラ領主は、裕福《ゆうふく》な都市を自分の体で宣伝《せんでん》するような、肥《こ》えた身を念入《ねんい》りに着《き》飾《かざ》った男だった。表情は柔和《にゅうわ》だが油断《ゆだん》のならない目をしている。赤ら顔に脂汗《あぶらあせ》を噴《ふ》き出し、

「いやはや、今まで聖法庁の人間から聞いた中で一番、愉快《ゆかい》な言葉《ことば》ですな。空飛ぶ怪物」

お世辞《せじ》にも上品とは言えない笑い声を上げ、

「馬鹿《ばか》言っちゃいけません」

一転、怒《いか》りの形相《ぎょうそう》で、ジークを睨《にら》み返した。

「聖法庁が今までどれだけこの土地から税《ぜい》を徴収《ちょうしゅう》してると思ってるんですか。こちらが本当に困《こま》ってる時には何もしてくれないくせに今度は何の言いがかりですか。怪物が現れたから税を出せとでも言うつもりですか」

ジークは、いや——と言葉を挟んだが、領主はひとくさり文句《もんく》を言うのをやめなかった。笑うにせよ怒《おこ》るにせよ脂汗を噴き出すものだから、ハンカチを何枚も取り出しては、顔を拭《ぬぐ》い、ごみ箱に捨《す》てる動作を繰《く》り返すのだ。

ノヴィアが数える限り、十八枚のハンカチが領主の脂汗の犠牲《ぎせい》になったところで、さすがにハンカチが切れた。と思ったら、領主がぽんぽんと手を叩《たた》くと、執事《しつじ》が給仕《きゅうじ》用の手押《ておし》し車にどっさりハンカチを積《つ》んで現れ、

「ふうむ。収穫祭《しゅうかくさい》をきっかけに、また税を増やすのかと思いましたが、違《ちが》うようですな」

どうやら納得《なっとく》したようにハンカチをせっせとポケツトに詰《つ》め込んでいる。ノヴィアは危《あや》うく、あの少女の幽霊は、実は無駄《むだ》に使われたハンカチの怨霊《おんりょう》かと思い込むところだった。

「とにかく、空飛ぶ怪物なんて、祭の催《もよお》しにも出ませんよ。とんだ無駄足でしたな」

がははと笑いながら腰《こし》を上げる領主に、つと、ノヴィアが身を乗り出し、声をかけた。

「アリスという女の子を知りませんか」

領主の腰が、ソファから僅《わず》かに離《はな》れた所で、ぴたりと止まった。ついでに脂汗も止まり、

「知りませんな」

仮面のように固《かた》まった顔で、答えていた。

ふと、ノヴィアの目に、領主の顔が、何か別の表情《ひょうじょう》を——違う相貌《かお》を、現すかに見えた。

領主は顔をそむけ、立ち上がった。

「今から収穫祭のための会議《かいぎ》がありましてな。話の続きは、その後でもよろしいかな？」

ジークは、シャベルの柄《え》を、こつこつと指で叩《たた》きながら、うなずいてみせた。


「怪《あや》しいですね」

「怪しいな」

互《たが》いに口にしつつも、何がどう怪しいものか、判然《はっきり》としないジークとノヴィアであった。

領主が戻《もど》るまでの間、別室《べっしつ》で、出された茶を飲むうち、ふと、ノヴィアは思い返して、

「あの御《ご》領主、一瞬《いっしゅん》、別人に見えました」

何気《なにげ》なく口にするや、ジークの目が鋭《するど》くノヴィアを見据《みす》えた。そのあまりの鋭さに射《い》すくめられ、アリスハートがジークを狼男《おおかみおとこ》と呼んでいた理由が分かるノヴィアだった。

「別人だと……？」

「か、顔が……その、違う人に……」

ジークはうなずき、何やら考え込んだ。

ふと、その目を、部屋の一隅《いちぐう》に留《と》め、

「昨日の幽霊《ゆうれい》というのは……そいつか」

その視線《しせん》を追うノヴィアが、弾《はじ》かれたように立ち上がった。

そこに、あの少女が、佇《たたず》んでいるのだ。

哀《かな》しい目がじっとノヴィアを向いており、その細い手が、窓の一つを、指さしている。

ノヴィアは、咄嗟《とっさ》に、少女の指さす先を透視し、思わず、あっと声を上げていた。

そこに、恐《おそ》ろしく静かに、市庁舎《しちょうしゃ》を包囲《ほうい》する兵《へい》の一群《いちぐん》があったからである。

「へ……兵隊に、囲まれています」

途端《とたん》、ジークが放たれた矢のように素早《すばや》く動き、窓際《まどぎわ》から、そっと外の様子《ようす》を見やった。

「なんという静かな動きだ……」

ジークの全身に戦いの気配が満《み》ち、

「領主の方から、先手を打ってきたか」

左手が、魔兵《まへい》を招来《しょうらい》する力を帯《お》びる——

と、ふいに、少女の姿が滑《すべ》るように動き、部屋の一隅の壁《かべ》へと、消えていった。

ノヴィアは、力を使いすぎて疲労《ひろう》せぬよう気を付けながら、更《さら》に少女の行方《ゆくえ》を透視した。

「ジーク様、そこに階段《かいだん》が見えます」

ジークがさっと動き、壁を手探《てさぐ》りすると、なんと、くるりと壁が回った。果《は》たして、開かれた暗闇《くらやみ》に、狭《せま》い階段が降りている。

「非常時《ひじょうじ》の、隠《かく》し階段らしいな……」

ジークが呟《つぶや》く。その階段の向こうに、少女が立っており、ふっと、その姿が消えた。

ジークとノヴィアは顔を見合わせ、やがて、物も言わず、階段に身を投《とう》じていた。

兵が続々《ぞくぞく》と速《すみ》やかに市庁舎の周囲を取り囲むのを、建物《たてもの》の陰《かげ》から確かめながら、

「幽霊は、まだいるか」

ジークが訊《き》くと、ノヴィアはうなずいた。

二人が、隠し階段から客室《きゃくしつ》を脱《だつ》してからも、少女の幽霊がところどころに現れては、指さすのである。しかも、ノヴィアの万里眼《ばんりがん》を理解《りかい》しているのか、少女は、建物の向こうから、真《ま》っ直《す》ぐノヴィアを見つめ返してくるのだ。

やがて少女の導《みちび》きに従《したが》い、市庁舎を脱し、都市の奥《おく》――石英《せきえい》造りの聖堂に、入っていた。

みな収穫祭《しゅうかくさい》の準備《じゅんび》に駆《か》り出されているらしく、人影《ひとかげ》はない。容易《たやす》く回廊《かいろう》を抜《ぬ》けると、やがて、聖職者しか立ち入りが許《ゆる》されない、禁止《きんし》の聖印《ハイリヒ》を刻《きざ》まれた扉《とびら》が、立ちはだかった。

「どいていろ、ノヴィア」

ジークが扉に歩み寄り、静かに聖印に左手を当てた。ばしっ、と火花が散ったが、抵抗はそれだけだった。間もなく、ジークの左手に屈《くっ》したように、鍵《かぎ》がひとりでに開かれた。

ジークは、更に扉を押《お》し開き、

「これは──」

「すごい……」

ジークとノヴィアが共に感嘆《かんたん》の声を上げた。

円形の、広大《こうだい》な広間《ひろま》であった。

その中心に、巨大《きよだい》なものが聳《そび》え立っている。

それは、無数《むすう》の聖印《ハイリヒ》が刻み込まれた、市庁舎よりも遥《はる》かに巨大な、一本の樹《き》であった。

広間の天井《てんじょう》は開かれ、降《ふ》り注《そそ》ぐ陽光《ようこう》に、葉や、地面《じめん》に敷《し》き詰《つ》められた聖石が輝《かがや》いている。

「噂《うわさ》に聞く、ラフェンドラの聖樹か……」

これが、聖地の秘密《ひみつ》だと、ジークは言った。

この樹が、天界の聖性を集《あつ》め、大地に降《お》ろし、作物《さくもつ》の豊穣《ほうじょう》を約束しているのだという。

ふと、何かが、地面に敷かれた聖石の上で跳《は》ねた。見ると、樹の枝の尖端《せんたん》らしい。葉は枯《か》れ、枝の表面《ひょうめん》は炭《すみ》のように黒《くろ》ずんでいる。

見上げると、頭上《ずじょう》から、さらさらと音を立てて枝々が崩《くず》れ、砂《すな》のように落ちてきていた。

「聖樹が、枯れようとしている……？」

ジークが、問うともなく呟いた。

あ……とノヴィアが声を上げた。

樹の根本《ねもと》で、少女がこちらを見ているのだ。

二人が近づくと、少女の姿がふっと消えた。

代わりに、それまで幹《みき》の陰に隠れて見えなかった物が、突如《とつじょ》、眼前《がんぜん》に現れるのであった。

ジークもノヴィアも咄嗟に言葉も無い。

それは、巨大な、黄金《きん》の繭《まゆ》であった。

陽光を受けながらも、それ自体が淡《あわ》く金色に光り、かすかな脈動《みゃくどう》の音を響《ひび》かせている。

繭は、樹の幹に張《は》り付くようにして糸を絡《から》ませており、ふと下方《かほう》に目を向けると、そこに、小さな墓《はか》があるのが、分かった。

繭の糸が墓石《ぼせき》に絡みつき、墓を荒《あ》らすように地を抉《えぐ》り、砕《くだ》けた棺《ひつぎ》の一部を覗《のぞ》かせている。

だが、遺体《いたい》は、どこにも見えない。

「もしかして、あの女の子のお墓――」

ノヴィアは繭を見やり、はっと息をのんだ。

「どうした」

ジークが声をかけるや、ノヴィアの総身《そうみ》がわななき、その目に、涙《なみだ》がにじんだ。

「ア、アリスハートが……見えます」

「この、繭の中にか――」

さすがのジークが唸《うな》り、すぐさま、

「よし。決めていた通りに、やるぞ」

ノヴィアも目尻《めじり》を拭《ぬぐ》い、繭に、歩み寄った。

そのとき――どん！ とジークが地面にシャベルを突《つ》き立て、素早《すばや》く振《ふ》り向いた。

「これだから、聖法庁は油断《ゆだん》ならない」

にわかに、領主《りょうしゅ》の声が、広間に響いた。

まるで気配《けはい》を感じさせない静けさであったにもかかわらず、ノヴィアが慌《あわ》てて振り向くや、幾《いく》百もの兵が、迅速果敢《じんそくかかん》に広間に雪崩《なだ》れ込み、続々と二人を包囲していった。

かちり。ジークが無言でシャベルの柄《え》を回し――引き抜《ぬ》いた。新たに現れた銀の柄《つか》を握《にぎ》りしめ、無造作《むぞうさ》に銀剣《ぎんけん》を抜き放つ。

「ノヴィア――掩護《えんご》しろ」

ぼそりと、声を低めて、ジークは言った。

刹那《せつな》、領主に向かって、ジークが走り出していた。剣や槍《やり》の距離《きょり》ではない。まさしく矢の距離を走り抜け、兵達《へいたち》の虚《きょ》を突《つ》き、瞬《また》く間に領主に切迫《せっぱく》した。振るう手も見えぬ迅《はや》さで、領主の顔目掛《めが》け、剣の光芒《こうぼう》を走らせる。

だが驚《おどろ》くべきことに、肥《こ》え太った領主が、素早く跳《と》び退《すさ》り、僅《わず》かにその頰《ほお》を切られたものの、完全に、ジークの剣をかわしていた。

両者《りょうしゃ》の信じがたい身のこなしに呆気《あっけ》にとられていた兵達が、慌てて槍を振るい始めた。

転瞬《てんしゅん》、ジークの身が体重を失ったかのように宙を舞《ま》い、次々に突き出される槍をかわし、

「た、沢山《たくさん》の矢が……見えます！」

ノヴィアの声とともに、空間《くうかん》に無数の矢が現れ、扇状《おうぎじょう》に降り注《そそ》いで地面に突き刺《さ》さった。

数が多い分、矢も小さく威力《いりょく》も無いが、ジークを追う兵達の足を止めるには十分だった。

ノヴィアが、ただの従士《じゅうし》ではないことを悟《さと》った兵達が、俄然《がぜん》、身構《みがま》えた。

その隙《すき》に、再び距離を取ったジークに、

「よく見抜いたな……ジーク」

領主が、言った。その声音《こわね》が一変している。

切り裂《さ》かれた頰から血は流れず、なんとその傷口《きずぐち》からみるみる領主の顔がほころび――

一枚の、銀に光る、仮面《かめん》と化していた。

「この〈惑《まど》いの面〉をつけている間は、心も別人になりきるのでな……そう簡単に見抜けるものではないはずだったが……」

そう呟《つぶや》く領主の体が、伸《の》びた。

肥え太っていた体はしなやかな長身に変じ、黒かった髪《かみ》は、長い銀髪《ぎんぱつ》へと化していった。

衣服《いふく》は、青ざめたような光沢《こうたく》を放つマントに変貌《へんぼう》し、下から貴族の着る胴衣《どうい》が現れる。

白い滑《なめ》らかな手が、銀の仮面を外した。

氷で出来た神像《しんぞう》のごとき白皙《はくせき》の美貌《びぼう》が、深い群青《ぐんじょう》の瞳《ひとみ》に、凄烈《せいれつ》な眼光《がんこう》をたたえ、言った。

「久《ひさ》しいな……ジーク」


「……ドラクロワ」

ジークが応《こた》え、ノヴィアを愕然《がくぜん》とさせた。

「本物の領主は病《やまい》で死んだ──二年前に」

ドラクロワが、仮面を手にしたまま言った。

「私が、ここの領主に成り代わることは、領主自身も、了解済《りょうかいず》みのことだった……」

ドラクロワが、ふとまた仮面を顔に当てた。

「聖樹が枯《か》れ始めたのだ。寿命《じゅみょう》なのだ」

ふいにまたあの領主の声が、仮面から響《ひび》く。

「聖法庁は何もしてくれぬ。聖樹を救う秘儀《ひぎ》があるくせに、禁じられているといって施《ほどこ》してくれぬのだ。頼《たの》む、この地を救ってくれ。我《わ》が娘《むすめ》アリスの事ならば、心配無い。聖樹に仕《つか》える聖女として、喜んで命を捧げるだろう」

そこでまた、仮面を外した。

「彼らが秘儀を求め……私が秘儀を試《ため》した」

「聖樹を枯らせる業《わざ》も……聖法庁の禁じられた秘儀の一つだったな……ドラクロワ」

ジークが、言った。淡々《たんたん》とした声音《こわね》が、込み上げてくる感情に、かすかに震《ふる》えていた。

「わざと聖樹を枯らせ、自分を匿《かくま》ってくれる場所を作ってから、秘儀を盗《ぬす》み出したのか」

その途端《とたん》、ドラクロワの面《おもて》に、険《けわ》しく、凍《い》てつくような微笑《びしょう》が、浮《う》かんだ。

「どのみち、聖樹は寿命だったのだ。その寿命を、ほんの少し縮《ちぢ》めただけだ……ジーク」

その微笑に、ノヴィアは、総身が粟立《あわだ》つほど、ぞっとなった。目的のためには手段を選ばぬ、冷酷《れいこく》な意志がこもった、微笑だった。

その、ドラクロワに、完全に服従《ふくじゅう》するように、兵達が、無言で周囲を取り囲んでいる。

「アリスという名の少女の魂《たましい》を使って、エインセルを招《まね》いたな――」

「ただのエインセルではない。〈竜精《りゅうせい》〉という。それを招くには、強い聖性を持つ魂が必要だった——聖樹に一生を捧《ささ》げる、聖女の魂が。何百体も招いたが、帰り着いたのは、たったの一体だけだったよ……ジーク」

「シーラの墓を暴《あば》いたのも、秘儀のためか」

ジークが、静かに剣《けん》を下げ、言った。

「シーラの魂も……秘儀に使う気なのか」

「だとしたら、どうするのだ、ジークよ」

ドラクロワの目が、にわかに燃《も》え立つような怒《いか》りを帯《お》びて、ジークを睨《にら》み据《す》えた。

「お前が、どうするというのだ、ジークよ」

ジークは、悲《かな》しい顔でドラクロワを見返し、

「俺が、お前を止めるよ、ドラクロワ……」

刹那《せつな》、その左手に烈《はげ》しい雷光《らいこう》が迸《ほとばし》った。

「ジーク・ヴァールハイトが招く！」

大音声《だいおんじょう》とともに、白熱《はくねつ》する雷光を放つ左手を掲《かか》げ、すかさず地面に叩《たた》きつけた。

聖樹の枝が一斉《いっせい》に揺《ゆ》れ動くほどの旋風《せんぷう》が巻《ま》き起こり、輝《かがや》かしい稲妻《いなずま》が地中から吹《ふ》き荒《あ》れた。

驚愕《きょうがく》する兵達の眼前《がんぜん》に、

「地刻星《アーノス》の導《みちび》きの下《もと》、総力をあげよ！」

言下《げんか》、異形《いぎょう》の軍勢《ぐんぜい》が一斉《いっせい》にその姿を現した。

「双子座《アムブリエル》の陣！」

続々と、左右対称《たいしょう》の形で、斜線陣形《しゃせんじんけい》を築《きず》くのは、かつて現れた、全ての魔兵であった。

百を超《こ》す剛魔《ダゴン》が左右に並び、その後背《こうはい》に砲魔《ネルヴ》と哭魔《ブラスフエミー》が控《ひか》え、中央では十六体の凄魔《ギルト》がジークとノヴィアを護《まも》る円陣をなし、頭上《ずじょう》では、宙で麗魔《ファーガス》が同じ円陣をなしている。

「これだけの兵種を、一度に招くか……」

ドラクロワが、兵達の後方に退《ひ》きながら、怒りの目はそのままに、薄《うす》く微笑《びしょう》した。

「腕《うで》を上げたな……ジーク」

先頭を切ったのは哭魔《ブラスフエミー》であった。兵達に向かって跳《は》ね跳《と》び、槍《やり》で突《つ》かれるや、いきなり自らの体を爆発《ばくはつ》させ、兵達ごと吹き飛んだ。

広間が震撼《しんかん》した。それを合図に、剛魔《ダゴン》が怒濤《どとう》の地鳴《じな》りを上げて左右の兵達へ突進《とっしん》し、胸に生《は》やす角《つの》で、次々に兵達を串刺《くしざ》しに倒《たお》した。

その突進を逃《のが》れた兵達を、すぐさま、砲魔《ネルヴ》の右腕から放たれる火球《かきゅう》で狙《ねら》い撃《う》ちにする。

左右に展開《てんかい》した陣の隙間《すきま》を突き、兵達がジークとノヴィアに殺到《さっとう》したが、これを、諸手《もろて》に双剣《そうけん》を振《ふ》るう凄魔《ギルト》が迎《むか》え撃ってなぎ倒し、上空から舞《ま》い降りる麗魔《ファーガス》が、鋭《するど》い刃《やいば》である手足で、頭上から兵達を切り裂《さ》いてゆく。

初めて魔兵の戦いの凄《すさ》まじさを目《ま》の当《あ》たりにしたノヴィアは、血の気が引くほどの衝撃《しょうげき》に、咄嗟《とっさ》に歯をくいしばって耐《た》えた。

そのノヴィアが、ふと、異変《いへん》に気づいた。

敵の兵の数が、にわかに変化したのである。

むろん、倒せば数が減《へ》ることは当然だが、ノヴィアの目には、敵が減ったり、増えたりしているように見えるのだった。

ふいに、咆吼《ほうこう》が上がった。左右の兵達を押《お》し潰《つぶ》したはずの剛魔《ダゴン》どもが、逆に、兵達の槍で四方から貫《つらぬ》かれ、形を失って鉄屑《てつくず》と化し、くずおれてゆくではないか。

兵達の槍に光が灯《とも》った。聖印《ハイリヒ》を刻まれた槍の穂《ほ》が、剛魔どもを散々《さんざん》に貫き、倒してゆく。

剛魔もすかさず反撃《はんげき》するのだがその角で相手を貫いたと見るや、敵の兵が消え、まるで違《ちが》う場所から現れた兵に打ち倒されるのだ。

砲魔《ネルヴ》の火球も、凄魔《ギルト》の剣も、いたずらに空《くう》を裂くばかりになってきていた。

——幻術《げんじゅつ》。ノヴィアの脳裏《のうり》を、その言葉が走り抜《ぬ》けた。ドラクロワは幻術の達人だ。

いったい総勢《そうぜい》何人の兵団なのか、あそこに倒れている兵は本物か幻《まぼろし》か——それさえ分からない。攻め寄《せ》せ《よ》れば後方に回り込まれ、退けば敵も一緒《いっしょ》に陣《じん》に紛《まぎ》れ込んでくる。これほど接近《せっきん》した戦いであるのに、幻に翻弄《ほんろう》され、魔兵《まへい》どもの方がじりじりと数を減らしていた。

「ノヴィア、見えるか」

円陣を後退させ、ジークが声をかけてきた。

「幻……ですね。その陰《かげ》に本物が、い、い……」

「よし──今からお前が、俺の目になれ」

その言葉に、ノヴィアはいきなり全身にずしりと重い物を乗《の》せられた思いを味わったが、

「は……はいっ！」

気丈《きじょう》に、返答した。私は、ジーク様の従士だ。その思いとともに、自分に万里眼《ばんりがん》を授《さず》けてくれた母に祈《いの》った。幻視《ヴィジョネイル》の力を授けてくれたラプンツェルの魂《たましい》に祈った。そして、自分にいつでも明るさと勇気をくれたアリスハートに祈った。

ノヴィアは、幻の向こうの真実を見据《みす》えるべく、透視《とうし》の力を発揮《はっき》させた。

傍《かたわ》らで、ジークが剣を手に、目を閉《と》じた。

激《はげ》しい戦闘《せんとう》の最中──樹に絡《から》みつく金の繭《まゆ》の中でも、一つの異変《いへん》が起ころうとしていた。

深い眠《ねむ》りの淵《ふち》から、ゆっくりと目覚《めざ》めてゆく感覚が、ふいに、小さな存在を揺《ゆ》さぶった。

小さな存在は、金色の光の塊《かたまり》となって繭の中に浮《う》かび、そこに、一人の少女が現れ、光を抱《いだ》くように両手を添《そ》え、囁《ささや》きかけている。

（起きて——貴女《あなた》は、私の最後の心——）

少女の手の中で、光が、か細《ぼそ》く震《ふる》えた。

（私が私でなくなる前に、起きて——）

光が、いやいやをするように揺れ惑《まど》う。

（起きたくない——）

（どうして——）

（裏切《うらぎ》った——大事な友達を）

（どうして——）

（あたしが、目を見えなくさせてた——）

（彼女は、貴女を見付けてくれたのよ——）

悲しげな輝《かがや》きを零《こぼ》す光に、少女が言った。

（彼女の力を分けてもらえなければ、貴女は消えて無くなっていたかもしれない——）

（あたしが、一生懸命《いっしょうけんめい》に目を開こうとしていた友達の力を奪《うば》っていた——）

（彼女は、それでも、貴女を呼《よ》んでいるわ）

そのとき、ふいに辺《あた》りが強い輝きを帯び、

（お願《ねが》い、起きて、これを止めて——）

少女が、悲痛《ひつう》な表情を浮かべた。

(誰か——これを止めて——)

刹那《せつな》、少女の思いを吹《ふ》き飛ばす激しい力の奔流《ほんりゅう》が荒《あ》れ狂《くる》い、禍々《まがまが》しい輝きが、少女と、小さな光を、瞬《また》く間にのみ込んでしまった。


「幻です、本物は後ろから来ます」

ノヴィアが言った。ひゅん。ジークがすかさず剣《けん》を振《ふ》るう。魔兵《まへい》どもが幻の兵を無視し、一見して何も無いところへと殺到した。

そしてそこに、愕然《がくぜん》と凍《こお》りつく兵が現れ、一瞬《いっしゅん》にして魔兵になぎ倒《たお》されるのだった。

敵の、幻影《げんえい》という最大の武器が次々に破《やぶ》られるや、形勢《けいせい》は見る間に逆転《ぎゃくてん》してゆき、

「来ます。回り込むつもりです」

ノヴィアの警告《けいこく》に、ジークは目を閉じたまま従った。幻影に隠《かく》れ、円陣《えんじん》に侵入《しんにゅう》をはかる兵達が、魔兵に塞《ふさ》がれ、一瞬で打ち倒された。

凄惨《せいさん》な戦いをノヴィアは必死《ひっし》の思いで見つめた。自分を乗り越《こ》えるために。ジークに導かれるばかりだった盲目《もうもく》の自分を乗り越え、今、ジークの目となって戦いを支えるために。

その思いを頼《たよ》りに、戦いの重圧と、力を使う疲労《ひろう》に耐《た》えるノヴィアの眼差《まなざ》しが、突撃《とつげき》す

る兵群《へいぐん》をとらえた。幻影では百と見えるが、本物は僅《わず》かに二十名ほどの一群である。

その兵達の陰に、朦朧《もうろう》と翳《かげ》る人影《ひとかげ》を見いだし、はっと広間の入り口を確かめた。そこに立って兵に指示を飛ばすドラクロワの姿が、ノヴィアの万里眼に、半透明《はんとうめい》の幻《まぼろし》と映《うつ》った。

「ドラクロワ本人が来ます！」

ノヴィアの叫《さけ》びとともに、双剣《そうけん》を振るう凄魔《ギルト》が、兵達をなぎ倒す。その兵達を盾《たて》に、ドラクロワが、単独《たんどく》で円陣に斬《き》り込んできた。

かっと目を見開くドラクロワに、左右から、二体の凄魔が、縦横に双剣を振るうや――

青ざめた剣の光芒《こうぼう》が、ドラクロワの手から、生き物のように走るのを、ノヴィアは見た。

凄魔の手が、足が、宙を舞《ま》った。

二体の凄魔が、まばたきをする間に、地に這《は》いつくばり、戦闘《せんとう》不能となっている。

息をのむノヴィアの眼前《がんぜん》で、ドラクロワの剣尖《けんせん》が、ジークに向かって、突《つ》き込まれた。

それを、ジークは、目を閉じたまま弾《はじ》いた。

灼《や》けるような火花が二つの刃《やいば》の間に起こり、激しく絡《から》んで、鍔元《つばもと》がぶつかり合った。

ジークが、目を開いた。

ドラクロワが、ジークの目を睨《にら》み据えた。

きりきりと嚙《か》み合う刃の音が、二人の間で、響《ひび》いていた。

「二年、かかったな……」

ドラクロワが、呟《つぶや》いた。

「秘儀《ひぎ》を試《ため》すまでに……お前が来るまでに」

刃が鳴《な》った。ジークとドラクロワが舞うようにして距離《きょり》を取り、互《たが》いに剣の輝《かがや》きしか見せぬ迅《はや》さで刃を振るい、火花を散らして打ち合った。二人の動作は驚《おどろ》くほど似通《にかよ》い、互いが互いを影《かげ》にするように剣を弾かせ、一瞬でまた距離を取り、対峙《たいじ》した。

ふと、ジークの頰《ほお》を、薄《うす》く、線が走った。

線は赤く染まり、瞬《また》く間に血を流し始めた。

ドラクロワは、全くの無傷《むきず》である。

そのとき、魔《ま》兵《へい》どもが、咆吼《ほうこう》を上げて敵の掃討《そうとう》に入った。兵達が次々に倒れ、ドラクロワの周囲にも、魔兵がじりじりと集まってきている。明らかな優勢《ゆうせい》であるにもかかわらず、ジークとドラクロワを見つめるノヴィアの胸を、得体《えたい》の知れない動悸《どうき》がはぜていた。

ドラクロワが、ふと、鋭《するど》い眼光《がんこう》はそのままに、目を細めて、微笑《びしょう》した。

「収穫祭《しゅうかくさい》が始まる――刈《か》り入れの時だ」

兵達の最後の一人が倒れた、そのとき。

にわかに――辺りに、金の輝きが舞った。

はっと、ノヴィアが、金の繭《まゆ》を振《ふ》り返った。

気づけば、兵達の流す血が、繭へと流れ込み、繭を、赤く膨《ふく》れ上がらせている。

敏感《びんかん》に危機《きき》を察知《さっち》した魔兵どもが、一斉《いっせい》に、脈動する繭に向かって、咆吼を上げた。

ノヴィアは、瞠目《どうもく》した。繭の前に、あの、少女が立って、悲痛《ひつう》な顔で何かを叫《さけ》んでいた。

その少女の姿が繭に吸い込まれるようにして消えた。

刹那《せつな》、繭が内側から大きく膨れ上がり、爆発《ばくはつ》したように引き裂《さ》かれていた。

辺り一面に、金の糸の破片《はへん》が舞い乱《みだ》れ――

破られた繭から、そっと歩み出す者がいた。

金の輝きをまとう、その少女の姿に、ノヴィアは、呆然《ぼうぜん》と、その名を口にしていた。

「アリス……」

ドラクロワが、ふわりとマントを翻《ひるがえ》らせた。

と見るや、にわかにその姿が消えた。

ジークが、素早《すばや》く身を転じて繭を振り向く。

いつの間にか、ドラクロワが、繭の傍《かたわ》らに立ち、繭から歩み出す少女を見つめ、言った。

「〈竜人《りゅうじん》〉――秘儀の要《かなめ》だ……」

少女が、ゆっくりと、繭から歩み出た。

金に輝《かがや》く瞳《ひとみ》と、ほっそりとした頬《ほお》に、ノヴィアのよく知る妖精《ファアー》の面影《おもかげ》をたたえている。

突然《とつぜん》、魔兵どもが一斉に走り寄《よ》った。びくっと身をすくませるノヴィアの目の前で、魔兵が少女に向かって咆吼を上げて殺到《さっとう》した。

ノヴィアが、悲鳴《ひめい》を上げた。

殺到した魔兵どもの姿が、砕《くだ》け散《ち》っていた。

金の輝きが、あの怪物《かいぶつ》の牙《きば》の形となって広がり、次々に魔兵どもを貪《むさぼ》り食ってゆくのだ。

ジークが、走った。ノヴィアの眼前に走り込み、少女に向かって、左手を掲《かか》げた。

左手から放たれた雷花《らいか》が、金の輝きとぶつかり合い、燃え上がるような火花がはぜた。

ジークの体が、跳《は》ね飛ばされた。

信じがたいことに、ノヴィアの眼前で、ジークが全身から血を噴《ふ》き出し、倒《たお》れ伏《ふ》した。

悲鳴を上げて手を差《さ》し伸《の》べるノヴィアに、

「構《かま》うな……決めていた通りに、やるぞ」

血まみれのジークが、呻《うめ》くように言った。

「お前の力で……やつの力を、封じろ」

少女が、ノヴィアに近づいた。ノヴィアは、震《ふる》えながらも凛《りん》と背を伸《の》ばし、ジークから離《はな》れ、少女に、涙《なみだ》のにじむ目を、きっと向けた。

「そこにいるのね……アリスハート」

少女の体から、金の輝きが溢《あふ》れるや——

「見えません」

決然《けつぜん》とした口調で、ノヴィアが言い放った。

「貴女《あなた》の力は、私には、見えません」

ぱっ、と金の輝きが消失《しょうしつ》した。

少女が、初めて、驚《おどろ》きの表情を浮《う》かべた。

なおも金の輝きを振《ふ》り零《こぼ》すが、ノヴィアの眼差《まなざ》しに遭《あ》うや、忽然《こつぜん》と消失するのである。

見えないという幻《まぼろし》——無視の具現であった。

少女が、後《あと》じさった。ノヴィアが更《さら》に迫《せま》る。

「私には、貴女が見える……」

ノヴィアは、視界《しかい》が暗《くら》くなるほどの疲労《ひろう》に耐《た》えながら、しかとその眼差しに少女を捉《とら》え、

「アリスハート……貴女の魂が、見える」

にわかに——少女が胸を押《お》さえ、激《はげ》しく喘《あえ》いだ。まるで、そこにあるものを封《ふう》じ込めようとするように、胸を両手で覆《おお》い、身悶《みもだ》える。

そのとき、ジークが、かっと目を見開いた。

跳ね起きざま、雷光《らいこう》を放つ左手を振るい、

「ジーク・ヴァールハイトが招く！」

少女の胸元に、その手を、叩《たた》きつけていた。

少女の全身を、雷光が走り抜《ぬ》けた。天を仰《あお》ぐ少女の口から、細い悲鳴が上がった。

ジークの手が、少女から離《はな》れた。

少女の胸元《むなもと》に、それまでとは違《ちが》う、淡《あわ》い金の輝きが零れ——小さな光が、現れていた。


(お行きなさい——)


声とともに、強い思いが伝わってきていた。

無窮《むきゅう》の青空——どこまでも自由に飛んでいくこと——自分の命を犠牲《ぎせい》に、都市の聖樹を救う決意《けつい》をした少女が、最後に夢見た思い。

ああ、そうか——と、少女の魂《たましい》から生まれた小さな存在は、思った。

聖樹に仕《つか》える身として、一生をこの聖堂に縛《しば》り付けられ、生きてゆく運命にあった少女の魂が、遠く、青空に羽《は》ばたくことを夢見て、自分という存在を生み出したのだ——

(貴女は、自由な私の心——私の最後の心)

その思いに後押《あとお》しされるようにして、金の光は、閉《と》ざされていた殻《から》を破っていた。

「〈竜精《りゅうせい》〉を、再び招き出すだと……」

ドラクロワが、瞠目《どうもく》した。

少女の身が、まさに聖樹と同じくひび割れ、たちまち指先から崩《くず》れ落ちてゆくのである。

そしてその胸から、それまでとは違《ちが》う、淡い金の輝きが現れ——強い思いに引かれるようにして、ノヴィアの手へと渡《わた》っていった。

ノヴィアの手の中で光は徐々《じょじょ》に形をなし、小さな妖精《ファー》となって、うっすらと目を開いた。

「……ノヴィアが……あたしを見てる」

妖精が、まだぼんやりとした顔で、言った。

「そうよ、アリスハート……」

ノヴィアの目に、涙《なみだ》がにじみ、溢《あふ》れた。

「私ね……目が見えるようになったの……」

「ノヴィアぁ」

ノヴィアの手の上でアリスハートが起き、

「その目、あたしのせいだったんだよぉ」

そう言って、泣きじゃくった。

ノヴィアは、きつくかぶりを振《ふ》った。手にアリスハートを抱《だ》き、二人して涙を零《こぼ》しながら、その場に座《すわ》り込んでしまっていた。

崩れゆく少女がドラクロワを振り返り、よろよろと歩み寄った。

「秘儀《ひぎ》は、十分に試《ため》された……」

呟《つぶや》きざま、ドラクロワは剣尖《けんせん》を上げ、少女の身へと、刃《やいば》の光を閃《ひらめ》かせた。

少女の姿が両断《りょうだん》され、ぱっと、金の輝《かがや》きが散り——跡形《あとかた》もなく、宙に崩れ去った。

その輝きの向こうから、ジークが歩み寄り、

「秘儀を求めて……その先に何があるんだ」

剣を手に、総身を血にまみれさせるジークを、ドラクロワは不思議《ふしぎ》な静かさで見つめた。

「知りたければ、追って来い……ジーク」

言うドラクロワの姿が、朧《おぼろ》にかすみ、

「私と……シーラが、お前を待っている」

ジークが咄嗟《とっさ》に手を伸《の》ばすや、ドラクロワの姿が、かき消えた。

後には、あの銀の仮面が、ぽつんと、床《ゆか》に置かれているだけだった。

聖樹は、目に見えて、枝の先から枯《か》れ落ちていった。その黒ずんだかけらが、陽光の中を静かに落ち、床に降《ふ》り積もってゆく。

ジークは、剣を元《もと》のシャベルに戻《もど》す際《さい》、ふと、少女の墓に目を留め、じっと覗《のぞ》き込んだ。砕《くだ》けた棺《ひつぎ》の破片《はへん》をどけると、そこに、新たな、淡《あわ》い緑《みどり》の芽《め》が伸びているのが分かった。

「あの少女の魂《たましい》が、芽生《めば》えさせたんだ……」

聖樹に背を向け、歩みながら、呟いた。

「お前の秘儀ではなく……ドラクロワ」

ジーク達が、揃《そろ》って裏手《うらて》から聖堂を出ると、丘《おか》の上を、青空が広がった。

「ああ、これだったんだぁ」

ノヴィアの肩《かた》で、アリスハートが言った。

「これって、なに？　アリスハート？」

「あの女の子がね、あたしに言ったの。自由に、空を飛んで行きたかったんだって」

「……その思いが、チビになったわけか」

「そう、あたしはそこから生まれたんだ……って、チビって言うなぁっ、この狼男《おおかみおとこ》っ！」

「お前が一番元気そうだな、チビ」

傷だらけのジークが、憮然《ぶぜん》として言う。

ノヴィアが、くすっと笑った。ノヴィアも気づかぬうちに、あちこち傷を負っていた。

「何言ってんのさっ。あたしなんか、消えて無くなるところだったんだよっ」

アリスハートは、胸を張《は》って言う。

それから、青空を見上げ、

「ま、つまり、どこまでも飛んでいけるこの空が、いわばあたしの故郷だったってわけ」

でも……と付け加え、

「あの子、一人ぼっちで飛ぶ寂《さび》しさのことは、考えてなかったみたい」

そう言って、ノヴィアを上目遣《うわめづか》いに見た。

ノヴィアはにっこり笑って、うなずいた。

友達——その魔法《まほう》の言葉が、今再び二人の間を結びつけていた。たとえその言葉が幻《まぼろし》のようなものだったとしても、それは、いつか必ず魂の宿る、この世で最も貴重《きちょう》な幻だった。

「ねえ、これからどうすんのぉ」

アリスハートが明るく喚《わめ》くと、

「ドラクロワを追う」

淡々《たんたん》としたジークの返答が来た。

「ふぅん。ノヴィアも、ついてくのよねぇ」

「だって私、ジーク様の従士だもの」

ノヴィアは、当然のように返す。

「そうねぇ。ま、あたしはノヴィアの友達だからね。あたしは、ノヴィアについてくよ」

ノヴィアは微笑《びしょう》し、そして、ジークの背を見つめた。ドラクロワという、かつての親友にして大罪者《たいざいしゃ》を追うジークもまた、幻を追う者なのかもしれない——ふいに、そう思った。

その幻に、いつか魂は宿るのだろうか……。

遠く果てしないその答えを追うことが、ジークの旅であった。

そして、その旅がどんな結末《けつまつ》を迎《むか》えようとも、全《すべ》てを見守ることが、今の自分の役目だ——ノヴィアはそう心に決め、ジークの淀《よど》みのない足音に、耳を澄《す》ませた。

やがて、一行は丘を越《こ》え、新たな旅路《たびじ》へ、歩を進ませゆくのだった。

番外編　エルダーシャの娘"決戦前夜"

その日は、少女の十四歳《さい》の誕生日《たんじょうび》だった。

「母さんも、あなたと同じ歳《とし》に、この力を、母さんの母親から授《さず》かったわ……ノヴィア」

母は、言った。紫《むらさき》の瞳《ひとみ》を持つ、万里眼《ばんりがん》の天使――艶《あで》やかな青い法衣をまとい、栗色《くりいろ》の髪《かみ》をした母が、少女の顔にそっと両手を触《ふ》れた。

「あなたも、十四歳になったのね――」

沁《し》みるような声で呟《つぶや》きながら、少女の顔を撫《な》でる。力を受《う》け継《つ》がせるだけの器《うつわ》が、少女にあるかどうかを確《たし》かめているのだ。こういうとき、母は、母である以上に、自分を試《ため》す偉大《いだい》な存在《そんざい》として、少女の目に映《うつ》るのだった。

少女が、緊張《きんちょう》に顔を強張《こわば》らせる傍《かたわ》らで、

「お誕生日おめでとぉ、ノヴィアぁ」

あっけらかんとした声が、明るく少女の緊張を和《なご》ませる。掌《てのひら》ほどの大きさの妖精《ファアー》だ。シルクのドレスに女性形をした身を包《つつ》み、金髪金瞳《きんぱつきんどう》、その背ではばたく羽も金に輝《かがや》いている。

「ありがとう、アリスハート。これからもノヴィアのお友達でいてあげてちょうだいね」

母が、少女に代わって礼《れい》を言うと、

「もちろんよぉ」

アリスハートは、にっこり笑って言う。母もまた、娘《むすめ》以上に嬉《うれ》しげに微笑《ほほえ》んで、

「本当に、ノヴィアは、はぐれ妖精《ようせい》のあなたに会えて良かったわ」

「は、はぐれって言わないのぉっ」

アリスハートが本気になってわめく。その明るさに満《み》ちた声が、少女を安心させた。

「さ、ノヴィア……」

母が、少女の緊張がやわらいだのを見計《みはか》らって手を滑《すべ》らせた。指先が少女の目元に触れ、目蓋《まぶた》を閉じさせる。その真剣《しんけん》な母の表情が——少女が最後に見た、母の顔となった。

「〈見守る者《エルダーシャ》〉の称号《しょうごう》の後継者《こうけいしゃ》である、あなたに、透視《とうし》の力——万里眼を、授けます」

たちまち、その手から少女の閉じた瞳《ひとみ》へと、力が流れ込んできた。光の固《かた》まりが目蓋をすりぬけて入り込んでくるようだ。あまりに強い聖性《せいせい》に、心が、光を見たと錯覚《さっかく》していた。

その聖性の強さは、すなわち母自身の強さであり偉大さだった。その母の聖性が少女に備《そな》わった才能《さいのう》の扉《とびら》を、ゆっくりと開いてゆく。

「母さんが与《あた》えられるのは最初のきっかけだけ……力を育てるのは、あなた自身よ」

母が、言った。そのときであった。ふと、少女の中で疑問《ぎもん》が生じた。

母が何のために、自分にこの力を与えようとしているのか。それは少女が物心付いたときから母に対し、感じ続けてきたことだ。

共に旅をし、多くのものを見せてくれた母だったが、決して、全《すべ》てを与えてくれたわけではない。むしろ、少女が心の底で欲《ほっ》しているものは、なかなか与えてもらえなかった。友達もその一つで、アリスハートと出会うまで、少女は一人ぼっちだった。大陸中に、母の力を求める人々がおり、少女はただ母の戦いの後をついてゆくだけだ。そんな旅から旅への暮《く》らしで友達が出来るわけがない。

また母自身、母親として以上に、後継者を育てる師《し》のように少女に接《せっ》していた。それは無条件《むじょうけん》の愛情《あいじょう》とはほど遠いものだ。その感じを受けるたびに、少女の中で得体《えたい》の知れない寂《さび》しさが降《ふ》り積《つ》もっていったものだ。

今、まさしく母の力を受け継ごうとする少女の心の奥底《おくそこ》で、母への疑問が、にわかに渦《うず》を巻き始めた。渦の中心にあるのは、強い寂しさだ。自分は母に、後継者としてしか見られていないのか？　それとも、ちゃんと、娘として見てくれているのか——

その問いの向こうには、ひどく寂しい答えがあるような気がした。そのとき——

少女の目の奥で、烈《はげ》しい痛みがはぜた。

「痛いよ、母さんっ。痛いよっ」

思わず大声で叫《さけ》んでいた。母が驚愕《きょうがく》に息をのむ気配《けはい》が、かすかに伝わってきた。気づけば、瞳に流れ込んでいたはずの光がかき消え、

「ど、どしたのっ、ノヴィアっ!?」

アリスハートの声を頼《たよ》りに振《ふ》り向いたが、

「目が開かないよ、母さん、目が……!」

叫びながら、少女は、愕然《がくぜん》と気づいていた。

目蓋は既《すで》に開いている。なのに、辺りの景色《けしき》がまるで見えなくなっていたのである。

「母さん、アリスハート? どこなの!?」

必死《ひっし》に両手を虚空《こくう》にやった。

「ここだよ、ノヴィア、ここにいるよっ」

すぐそばでアリスハートの気配がする。だが何も見えない。ふいに、虚空をさまよう少女の手を、誰《だれ》かがつかんだ。母の手だった。

「ノヴィアちゃん……」

母が、ふいにひどく悲しい声で呼んだ。いつも少女を弟子《でし》のように呼ぶときの、厳《きび》しい声音《こわね》ではなかった。一瞬《いっしゅん》、少女の目の奥の痛みが、やわらいだようだった。だが――

「力は継承《けいしょう》されたわ。後はあなた次第《しだい》よ」

少女を抱《だ》きしめながら、そんなことを言う母の声に、少女の眼差《まなざ》しの奥底で、何かが固く凍《こお》りついたような感じがあった。母の聖性を受《う》け継《つ》いだせいで、やけに母の心が見える

ような気がした。自分を後継者《こうけいしゃ》としてしか見ていない母の心が。

「何も見えないよ……母さん」

少女が、虚《うつ》ろな声で、言った。

十四歳の誕生日——得たものは暗闇《くらやみ》だった。


「母さんは、騎士団《きしだん》と一緒《いっしょ》に見回りに行って来るわ。二人とも、仲良くしてるのよ」

母が言った。はーい、とアリスハートが元気良く返す傍《かたわ》ら、少女は、

「いつ戻《もど》ってくるの？」

茫々《ぼうぼう》と、光を失った目を宙にさまよわせて訊《き》いた。ひどく醒《さ》めたような声だった。

「夕方には戻るわ。それまで、教会《きょうかい》のお仕事をしてなさい、ノヴィアちゃん」

「うん。お夕飯《ゆうはん》、用意して待ってる」

目が見えぬのにもかかわらず少女が言う。

アリスハートがちょっと、ぎくっとなった。

少女が、目が見えなくなってから、とみにこしらえるようになった料理の数々を、アリスハートはまだ食べた事が無い。あまりにもその見た目が問題なのだった。だが、

「楽しみにしてるわ」

母は笑って、修道院《しゅうどういん》を出ていった。

今いる都市はルールドという。母はここで、都市を蛮族《ばんぞく》の襲撃《しゅうげき》から護《まも》るため、〈銀《ぎん》の乙《おと》女《め》〉から派遣《はけん》された者として、騎士団を率《ひき》いる立場にあった。常に危険に満《み》ちた、気の抜《ぬ》けぬ任務《にんむ》であり、当然《とうぜん》のように、母には少女の相手をする暇《ひま》は、なかった。

「いきましょ、アリスハート。私も、母さんに言われた仕事をしないと」

少女が、こつこつと杖《つえ》を鳴らしながら、母が去った反対の方向へと、移動する。

「あ、そこ壁《かべ》っ……」

アリスハートが、言いさす。少女は、建物の壁を、まるで見えているように避《よ》けていた。

「よく分かるわねぇ……」

「何度も通れば、どこに何があるかくらい、すぐに覚《おぼ》えるわ」

少女が微笑《ほほえ》み、慣れた手付きで、杖で足下《あしもと》を探《さぐ》りながら、淀《よど》みなく歩んでゆく様に、

「ノヴィアったら、あたしが飛ぶより早く歩けるんじゃない？　すごいわぁ」

アリスハートが、感心《かんしん》した。一方で、少女がこのように歩けるまでの苦《くる》しみを、誰よりも知っているのがアリスハートだった。

目が見えなくなってから、何か月も経《た》っていた。この身軽《みがる》な友達は、目が見えなくなった少女にとって、今や光そのものだった。どこに何があるのかを事細《ことこま》かに教えてくれるし、

何しろ、その天性《てんせい》の明るさで、塞《ふさ》ぎそうになる少女の心を何度救《すく》ってくれただろうか。

力の継承《けいしょう》がうまくいかず、目が見えなくなってしまった少女に、母が与《あた》えたのが、この白木《しらき》の杖だった。そのとき母は、

「母さんも、そうだった……母さんの母さんから力を受け継いだとき、目が塞がったの。私も、自分の母親の事を――」

そう、かすかに口ごもり、

「大丈夫《だいじょうぶ》よ。いつか自分で、道を見つけられるわ。母さんには……何も出来ないけど」

急に、声音《こわね》を優《やさ》しくして言ったものだ。

その母の声の底にあるものが、切《せつ》なさである事は、少女にはまだ、分からなかった。

そうして少女は杖を手に取った。だが、暗闇《くらやみ》の向こう側に足を踏《ふ》み出すまでに何日もかかった。アリスハートが懸命《けんめい》に励《はげ》まし、慰《なぐさ》めてくれなかったら、果たして歩き出す事が出来たか分からない。それほどの恐怖《きょうふ》だった。

必死に一歩を踏み出し、注意深く歩く事を覚え、やがて、表を出歩けるまでになった。

それから数か月を経《へ》た今――

「案外《あんがい》、このままでも、良いのかも」

少女は、なんとそんな事を呟《つぶや》いていた。

「このままって、目の事？　なんで？」

アリスハートが、びっくりした声を放つ。

「なんでかしら……」

少女は、茫々《ぼうぼう》と顔を虚空《こくう》に向けながら、

「その方が母さん、優しいからかな」

ぽつんと、呟いていた。

少女が母から与えられた仕事は、教会での歌子の役だった。子の誕生の祝詞《しゅくし》や、祈《いの》りの合唱《がっしょう》、そして——葬送《そうそう》の歌を、捧《ささ》げるのだ。

万里眼《ばんりがん》の天使フェリシテの娘《むすめ》が、歌を捧げてくれる事を、街の大勢の人が望《のぞ》んだ。

母が任務に出ている間、ノヴィアはほとんど教会で歌っていた。特に最近は、近辺《きんぺん》で争《あらそ》いが激しくなり、死者への葬歌がひどく多い。

「あたし、ちょっと遊んでくるー」

アリスハートが、ひょいと飛んでいってしまうのは、教会に満ちる、湿《しめ》っぽい空気のせいだ。死んだ兵士の家族が沈痛《ちんつう》な面持《おもも》ちでおり、笑いは無く、気の詰《つ》まるような沈黙《ちんもく》が垂《た》れ込めるため、アリスハートはついついそこから逃《に》げ出してしまうのだった。

といってノヴィアを置き去りにしたまま帰ってこない、という事もなく、決まって葬歌の終わる頃《ころ》にはまた戻《もど》ってくる。少女は、アリスハートの身軽さをひどく羨《うらや》ましくも思う。

棺《ひつぎ》を前にして、少女が他の修道女とともに葬歌を捧げていると、ふいに——

少女は、手の中にあるものに気づいた。むろん、少女が両手に握《にぎ》っているのは、盲人用《もうじんよう》の白い杖《つえ》である。わざわざ母が教会に頼《たの》んで、聖木《せいぼく》である白木を、彫《ほ》らせたものだ。

その杖の、握りのすぐ下に、何かが彫りこんであることに、突然《とつぜん》、気づいたのだった。

少女は、歌いながら、杖に指を這《は》わせ、何が彫りこまれてあるのかを探《さぐ》った。すぐに、それが、一連の文字であるのが分かった。

祈りの文句——まさしく今、歌っている葬歌にも使われている、聖典《せいてん》の一節《いっせつ》だった。

安《やす》らぎたまえ、安らぎたまえ、あなた達の平安は生まれた時に約束されていたものなのだから……。そういう聖句《せいく》だった。

わざわざ杖の握りのそばに、そんな文句を彫らせるなど、さも信心《しんじん》の篤《あつ》い母らしい。一方で、まるで聖典の一節を忘れないよう、注意書きをされているようで、何となく、むっとするところもある。聖典は毎晩、母が読み聞かせてくれ、少女はそれを懸命《けんめい》に聞き取り、既《すで》に、ほとんど暗唱《あんしょう》していた。母が一心に自分に声をかけてくれる事など、聖典を読んで聞かせる時くらいしかなかった。

（……なんだろう？）

少女が更《さら》に指でなぞっていくと、何やら、祈りとは違《ちが》うものが彫られているようだった。

祈りの言葉であれば、既に知っているから予想《よそう》もつきやすく、読み取りやすいのだが、こればかりは何が書いてあるのか分からない。

口では何度も歌った葬歌を歌いながら、何度も指を滑《すべ》らせるうちに、ぼんやりと、言葉の最初の部分が、指先に察《さっ》せられた。

『私の大切な——』

にわかに、その言葉が彫られている事が分かり、少女は、反射的《はんしゃてき》に指を離《はな》していた。

まるで火に触《さわ》ったような反応だった。

歌をとちりかけ、慌《あわ》てて声に力をこめる。少女の胸《むね》の中で、急に動悸《どうき》がはぜていた。

母の言葉だ。母が、聖典の句ではなく、自分の言葉を、そこに刻《きざ》んだのだ。

私の大切な——なんなのか？

その後の言葉が、想像出来《そうぞうでき》るようでいて出来なかった。正確《せいかく》には、心が想像することを拒《こば》んでいた。母は、自分を、大切な、なんだというのか。大切な後継者《こうけいしゃ》か。それとも……

やがて葬送《そうそう》がひと段落《だんらく》し、アリスハートが戻ってきて、少女の傍《かたわ》らに来るなり、

「どしたのぉ？　顔が赤いよぉ？」

心配そうに訊《き》くと、少女は、息を荒《あら》らげ、

「歌う時に……息継《いきつ》ぎ、忘れちゃって……」

なんと、そんなことを言った。

「息するの忘れるって……そんなに、歌うことに、集中《しゅうちゅう》してたわけぇ？」

「だって……」

少女が、わけを言おうとして、ふと口ごもった。アリスハートに、杖《つえ》に刻まれた言葉の事を言えば、すぐにそれを見ようとするだろう。そして、声に出して読むだろう。目が見えない少女を、助けるつもりで。

だが少女はなぜか、それが怖《こわ》かった。自分は母にとって、大切な——何なのか。それは、手の中に握《にぎ》りしめられた、永遠《えいえん》の謎々《なぞなぞ》だった。

「なんかあったの？　ノヴィアぁ」

「ううん、なんでもない」

慌てでまたかぶりを振《ふ》った。

「あんたって、大物よねぇ。息するの忘れたりしないわよ、普通《ふつう》」

アリスハートは心底《しんそこ》、感心して言った。

ノヴィアは、何も言わなかった。

修道院の一階にある部屋が、ノヴィアと母の住まいだった。他の部屋からは離れになっており、玄関《げんかん》も別だった。この都市に来てから一年——既《すで》に住み慣れた感じがあるその玄関口にさしかかったとき、

「あ、ほらほら。また置いてあるよぉ」

アリスハートが、声を上げた。

ノヴィアが、ゆっくりとドアの辺りを撫《な》でると、柔《やわ》らかなものに触《ふ》れていた。それを手に取ると、途端《とたん》に、艶《あで》やかな花の香《かお》りがした。

花が一輪《いちりん》、ドアの隙間《すきま》に挟《はさ》まっていたのだ。

「これで、何本目だろう……」

少女が呟《つぶや》いた。ここ数か月、ふと気づけば、誰かがこの住まいに花を置いてゆくのである。多くが玄関口であり、たまに窓辺に置かれたり、門の入り口にあったりもした。

「きっと街の人が、ノヴィアに勇気《ゆうき》を出しなよって言ってるのよぉ。ロマンチックねぇ」

アリスハートが、面白《おもしろ》がって言う傍《かたわ》ら、

「シチューの香り付けにちょうど良いわ」

ノヴィアも、にっこりと呟いている。

「あら、いつもそうしてたのよ。こんな風に、お花を置いて下さるなんて本当に親切《しんせつ》ね……いつか、いつか、お料理でお返ししたいな」

「た、食べるのぉっ？」

これには、アリスハートも絶句《ぜっく》している。

だが実際、この花こそ何よりの親切だった。

いつの間にか花が置かれ始めたのも、少女の目が閉《と》ざされてからなのだ。花は、少女が暗闇《くらやみ》にうずくまるのを防《ふせ》ぎ、少女に外への興味を起こさせ、ついには部屋から歩き出すきっかけとなったのだった。だが誰が花を持ってきているかは、いまだに分からず、大方は部屋に飾《かざ》られているのかと思えば――

「まさか料理されてたなんてねぇ……」

思わず唸《うな》るアリスハートだった。

花と杖《つえ》を手に、少女が部屋に入ろうとしたとき。にわかに、町に喧騒《けんそう》が起こった。大勢の者が、ばたばたと街路《がいろ》を走る音が聞こえ、

「敵だ！　敵に騎士《きし》団《だん》が襲《おそ》われた！」

痛烈《つうれつ》な叫《さけ》びが、少女の耳を打った。

ぽとりと、少女の手から、花が落ちた。

「な、なんなの、なにが起こったの……？」

「母さん……。もしかして母さんが……」

少女が呟いた。アリスハートがはっとなる。

杖を握《にぎ》る少女の手が震《ふる》えた。周囲《しゅうい》の暗闇が重く、少女を押《お》し潰《つぶ》すように迫《せま》って来ていた。

「参《まい》ったわ、完全に待《ま》ち伏《ぶ》せられるなんて」

母は、大して参ってもいないような、平然《へいぜん》とした調子《ちょうし》で言ったものだった。

都市にある騎士団の寄宿舎《きしゅくしゃ》の広場にいた。

周囲では帰還《きかん》した兵達が、何やら殺気《さっき》立って、残りの者達に、事の経緯《けいい》を説明していた。

「待ち伏せ……？」

少女が、呟いた。母の万里眼《ばんりがん》は、伏兵《ふくへい》など、たちまちのうちに見破《みやぶ》る。それでも、待ち伏せられたという言葉には不吉《ふきつ》な響《ひび》きがあった。

「みんな、すごく苛々《いらいら》してるぅ」

アリスハートが、少女の首筋《くびすじ》にしがみつくようにして言う。見回りに出た騎士団を待ち伏せるなど、騎士の中に、都市を狙《ねら》う蛮族《ばんぞく》に情報を流す、内通者《ないつうしゃ》がいる可能性が高い。騎士団が殺気立つのも当然だった。

「母さん……」

少女が不安そうに呼ぶと、

「大丈夫《だいじょうぶ》よ、母さんを信じなさい」

母は、ひどく明るい声で言った。そこへ、

「フェリシテどの！　ご無事で！」

朗《ほが》らかな声が、飛んだ。別の部隊を率《ひき》いて見回っていた、白馬《はくば》の騎士が、駆《か》けつけてきたのだ。金髪白皙《きんぱつはくせき》の騎士の登場に、たちまち面食《めんく》いのアリスハートが、

「ブランカ様だぁ！　ブランカ様ぁ！」

歓声《かんせい》を上げて、その騎士の名を連呼《れんこ》した。

「そちらに敵は出た、ブランカ隊長？」

「いえ、どうやら、あなたの部隊だけを狙っての事らしいですな……」

騎士が言うや、少女がびくっとなった。

母は、この都市を守る騎士団の要《かなめ》だ。まさしく指揮《しき》を司《つかさど》る「目」であるのだ。その母を、敵が正確《せいかく》に狙ってきているのだった。

「ノヴィア、心配いらないわ」

少女の不安を察《さっ》したように、その肩《かた》に、母が手を触《ふ》れてきた。軽く抱《だ》きしめつつ、

「さ、修道院へ戻《もど》ってなさい」

すぐに手を離《はな》し、少女の背をそっと押《お》した。

「母さん……」

「大丈夫よ」

母の毅《き》然《ぜん》とした声が、少女の言葉を遮《さえぎ》った。

「御《ご》飯《はん》、作って、待ってるから……」

少女はそう言い残し、うつむき去った。

夕刻《ゆうこく》をだいぶ過《す》ぎてから母は帰《き》宅《たく》した。

アリスハートは食事を終えて、居間でうたた寝《ね》をしている。少女も食卓《しょくたく》に座《すわ》ったまま、うつらうつらしていると、母が帰って来て、

「遅《おそ》くなって、ごめんなさい」

すっかり冷《さ》めた料理に手を付けるのが、気配《けはい》で分かった。ぴりぴりとした緊張《きんちょう》も伝わり、

「母さん……」

思わず、不安げな声が零《こぼ》れた。

「大丈夫よ、ノヴィアちゃん」

母は、声を優《やさ》しくして、その言葉を繰《く》り返《かえ》した。だが今回は、その後が違《ちが》った。

「万が一の時のための用意《ようい》はあるわ」

少女には何を言われたのか分からなかった。

「万が一……？」

「強い敵が、この辺りに来たみたいなの」

「強い敵って……？」

「聖法庁《せいほうちょう》に叛逆《はんぎゃく》する男……大勢の人間が捕《つか》まえようとしているけれど、まだ誰も、確かな行方《ゆくえ》も目的もつかめていない人物……」

「母さんなら捕まえられるってこと？」

僅《わず》かに、沈黙《ちんもく》が降《お》りた。

「……難《むずか》しいかもしれない」

ぽつりと母が言った。母が何を考えているのか分からず、少女は急激《きゅうげき》に不安に襲《おそ》われた。

「難しいって……？」

恐《おそ》る恐る訊《き》くと、

「万が一の時の事は、考えているわ」

最初のその言葉に戻った。万が一とは、いったいどういう意味か——

「いい、ノヴィア。母さんの言う事をよく聞いて。母さんにもしもの事があった場合の策《さく》を、あなたに授《さず》けます」

少女がびくっとなった。授けるという言葉は、少女にとってひどく恐ろしい言葉となっていた。その言葉によって少女は暗闇《くらやみ》に放《ほう》り出された。これ以上、何も授かりたくなどない――全身がそう悲鳴《ひめい》を上げるようだった。

「母さん、私、嫌《いや》だよ……」

慌《あわ》てて杖《つえ》をつかみ、立ち上がろうとする少女を、ふいに、何かが遮《さえぎ》り――抱《だ》きしめた。

「お願い……時間が無いの。今も、見えない敵が、何かを企《たくら》んでいるのよ……」

母が、少女を抱きながら、言った。

「見えない敵……？」

「味方の中に裏切り者がいるわ。聖法庁への叛逆に応じる者が……。今度ばかりは、母さんでも倒《たお》せないかもしれない。だから、呼んだの……聖法庁最強の、軍勢《ぐんぜい》である男を」

「軍勢……男……？」

「私に何かあれば、ある男が来るわ。その男を信じなさい。でも決して、誰にも言っては駄目《だめ》……いいわね、ノヴィア」

ふいに、少女の中で、怖《こわ》さが、悲しみに変わった。こうして抱きしめられていてさえ、母は既《すで》に遠いところにいるような気がした。

「なんで？　なんで、他の人じゃ駄目なの？　なんでいつも、母さんばっかり……」

「誰かがやらなければいけない事よ」

母のひどく優《やさ》しい声が、少女を遮った。

「ジーク・ヴァールハイト……それが男の名よ。万一のことが何かあっても、彼が、街を……あなたを、守ってくれるわ。そして彼なら、もしかすると、あなたの目を開かせられるかもしれない……」

「私の目を……？　その人が……？」

驚《おどろ》く少女の頰《ほお》を、母がそっと撫《な》でた。まるで母自身には、もう何も少女に対してしてやれる事がないとでもいうような所作《しょさ》だった。

「もし、どうしても、あなたの中で力が発揮《はっき》されず、目が開かない時は……〈銀《ぎん》の乙女《おとめ》〉に頼《たの》んで、その力を消してもらいなさい」

少女の悲しみが膨《ふく》れ上がるのも知らず、母の声はどこまでも優しく、そして残酷《ざんこく》だった。

「力が消えれば、自然と目は元《もと》に戻るわ」

そう言って、母は、万が一の時のための策を、少女に伝えた。少女はただ、じっと歯を食いしばって、重くのしかかるような暗闇に耐《た》えていた。やがて母が策を伝え終えると、

「行かないで、母さん！」

少女は、ついに暗闇の重さに耐えられずに、母にしがみついて、わめき出していた。

「街の人たちなんてどうだっていいじゃない！　母さんがやらなくたっていいじゃない！　行かないでよ、危ない事はやめてよ！」

その声に、アリスハートがびっくりして目を覚《さ》ました。すぐに飛んできて、

「ノヴィアぁ、どうしたのぉ？」

声をかけるが、少女は、母の腕《うで》にしがみついたまま、ただ泣く事しか出来ずにいた。

「大丈夫《だいじょうぶ》……大丈夫よ、ノヴィア」

母が言って、少女を抱く手に力をこめた。


その五日後に母は死んだ。

街の人々は、手厚《てあつ》く母を葬《ほうむ》ってくれたが、少女に聞こえたのは、ただの騒々《そうぞう》しさと、街の救い主を失った悲嘆《ひたん》の声だけだった。

「ねえ、アリスハート、訊《き》いていい？」

母の棺《ひつぎ》を前にして、少女が声をかけた。

べしょべしょと泣きながらアリスハートが、

「なぁに、ノヴィアぁ。何でも訊いてよぉ」

「これ、本当にお母さん？」

「え……」

「誰か……私の知らない人じゃないの？」

手で、死者の頬《ほお》を撫《な》でつつ言うノヴィアに、

「ノヴィアのお母さんだよぉ……」

アリスハートが、わぁっと泣いた。

つと、騎士団《きしだん》の隊長であるブランカが、すぐ傍《かたわ》らに来て、言った。

「我らが駆《か》けつけた時には、既《すで》に……申し訳ない、ノヴィア……」

ノヴィアはうなずき、母の頬を撫でながら、

「冷たいな……」

ぽつんと、それだけを呟《つぶや》いていた。

全《すべ》ては暗闇《くらやみ》の向こうで起こる、ひどく現実感《げんじつかん》を欠《か》いた、夢の出来事のように思えていた。

「蛮族《ばんぞく》の背後に、聖法庁ゆかりの騎士団がついているとしか思えぬ」

「まさか裏切り者が——？」

「ノヴィアの万里眼《ばんりがん》さえ開けば……」

それらの言葉が、頻繁《ひんぱん》にノヴィアの耳に入って来るようになった。市庁舎《しちょうしゃ》の皆も、騎士団も、ほとんどそれら三つの事しか口にしないようになっていた。

「大丈夫です」

少女は、何度となく言った。

「聖法庁の軍勢《ぐんぜい》が現れて、私たちを助けに来てくれます。母がそう言っておりました」

そのたびに返ってくるのは、

「信じがたい……」

という反応だった。だが少女は気にしなかった。母が遺《のこ》した策を、少女はただ機械的《きかいてき》に行うだけだった。一方で、

「ノヴィアの目さえ開けば、今までと同じように、万里眼の使い手が街を守ってくれる」

街の人々のそんな声が、ちらほら聞こえたが、少女はいたって無反応《むはんのう》だった。

母の死以来、戦死者《せんししゃ》のために墓地《ぼち》へ葬歌《そうか》を歌いに行くことが少女の日課《にっか》となった。死者の無念《むねん》が堕気《だき》の風を呼んで荒《あ》れ狂《くる》う中、少女はただひたすら杖《つえ》を手に、葬歌を歌い続けた。

そこに母の墓《はか》もあるという事が、ひどく非現実的な事のように思われた。その杖に刻まれた言葉は、永遠の謎《なぞ》として遺《のこ》された。

間もなく、その少女を、現実が襲《おそ》った。

「市民軍を組織《そしき》し、打って出る！」

市庁舎の誰かが言いだした事だった。

「万里眼の天使フェリシテの仇《かたき》を討《う》つ！」

そんな叫《さけ》びとともに、市民から兵が集められた。今や都市を危機的状況に陥《おとしい》れる敵を、自ら撃破《げきは》しようというのである。

杖を手に墓地から帰るノヴィアの耳にも、騒然《そうぜん》とする街の様子が届いてきた。

「凄《すご》い数の人ぉ、みんなで戦うんだぁ」

アリスハートが感嘆《かんたん》する傍らで、

「まるで一日中、雷《かみなり》が鳴ってるみたい」

少女は、街の騒《さわ》がしさに首をすくめている。

「せっかく、聖法庁から軍勢が来るのに」

「本当に来るのぉ？」

「母さんが言ってたもの。来るわよ」

そう言い続けるのも、策の一部だが、少女はその事はアリスハートにも言っていない。

「軍勢かぁ……。あ、ノヴィアぁ、また、花が置いてあるよぉ」

アリスハートの声とともに、少女は、確かに花の香《かお》りをかいでいた。だが、少女はまだ花を手に取ってもいない。その瞬間《しゅんかん》、

「アリスハート……」

少女は忽然《こつぜん》と、花の贈《おく》り主《ぬし》が誰かを悟《さと》った。

「え？　なぁに？」

「……ううん。何でもない」

言って、少女は花を探《さぐ》り、手に取った。同じ香りが、すぐそばのアリスハートからもしていた。少女は、そっと花を胸に抱《だ》き、

「ありがとう……」

暗闇《くらやみ》の中で、ふいに暖《あたた》かいものに触《ふ》れた気がした。そしてふと、母の死以来、まだ一滴《いってき》も涙《なみだ》を流してはいないことに唐突《とうとつ》に気づいた。

「冷たいな……」

自分の心がいつの間にか、ひどく冷え冷えとし、たとえこの街が滅《ほろ》ぶほどの危機が迫《せま》っていても、重要な事に思えなくなっていた。

悲しみに麻痺《まひ》したようになる心が一転《いってん》したのは、それから、二日後の事だった。

その日、街に響《ひび》いていた出陣《しゅつじん》のざわめきは、絶望的な沈黙《ちんもく》に変《へん》じた。なんと打って出た市民軍が、敵に全滅《ぜんめつ》させられたというのだ。

市庁舎は混乱《こんらん》に陥《おちい》り、街を逃《に》げ出す者まで現れた。その混乱をかろうじて防いだのは、騎《き》士《し》団《だん》の隊長であるブランカだった。

「まだ手はあるはずだ。今こそ市民が一丸となって戦う時だ。ルールドの都市の誇《ほこ》りに懸《か》けて、我ら騎士団は一歩も退《しりぞ》かぬ事を誓《ちか》う」

市庁舎の広場でのブランカの演説《えんぜつ》を、少女もアリスハートとともに聞いていた。市庁舎の者たちが、少女にも、街の人々を勇気づけるよう、願ったからである。

「大丈夫《だいじょうぶ》です、みなさん」

杖《つえ》を手に、目が見えぬ少女は、言った。

「聖法庁の影《かげ》の軍勢が、私たちを救いにやって来ます。どうか今しばらく待って下さい」

市民はその言葉にすがった。少女が呆気《あっけ》に取られるほどの喝采《かっさい》が少女を送った。

「ありがとう、ノヴィア。お陰《かげ》でみなが恐慌《きょうこう》に陥る事だけは防げた……」

壇上《だんじょう》から降りた少女に、ブランカが言った。

ブランカが間近《まぢか》に来たせいで、きゃあきゃあと歓声《かんせい》を上げるアリスハートをよそに、

「いえ、私はただ、母に言われた通りにしているだけですから……」

少女が言いさし、さっと青ざめた。

「どうしました……？」

少女の顔色を察《さっ》して、ブランカが更《さら》に近寄《ちかよ》った。その途端《とたん》、少女は、はっきりと鋭《するど》い臭《にお》いをかいだ。血の臭い——それはほんのかすかだが、確かにブランカの身からしていた。

ブランカがそっと手を肩《かた》にかけようとするのが気配で分かった。少女は咄嗟《とっさ》に退き、

「すいません……気分が悪くて……」

「あまり大勢の人の前に出たせいですかな」

「はい……」

少女は慌《あわ》てて頭を下げ、逃げ出すようにその場を去っていた。胸の奥《おく》では心臓《しんぞう》が激しく鼓動《こどう》し、母の言っていた目に見えぬ敵——裏切り者が誰であるかを、猛然《もうぜん》と告げていた。

「ブランカ隊長……」

その名を呟《つぶや》いた途端、ぞっとなった。

「素敵《すてき》よねぇ、ブランカ様、みんなのためにこんな状況《じょうきょう》でも、先頭で戦うなんてぇ」

アリスハートがわめく一方、少女は、あまりの事に、叫《さけ》びだしたいくらいだった。

だが今叫べば、母の策も台無《だいな》しになるし、何よりアリスハートも危険に巻き込む事になる。母の策が功《こう》を奏《そう》するかどうかはともかく、何としてもアリスハートだけは助けるのだ。

暗闇《くらやみ》に覆《おお》われた自分に、暖かさと、ほのかな光を与《あた》えてくれるこの友達だけは救う——

卒然《そつぜん》と決意《けつい》が湧《わ》いた。今まで心が凍《こご》えて眠《ねむ》っていたのだと思った。気づけば絶望の刃《やいば》はすぐ背後まで迫《せま》っていたのだ。

(大丈夫——)

母の声が脳裏《のうり》に甦《よみがえ》った。心強さと、寂《さび》しさとが、同時に起こった。もう自分を守ってくれる存在はいなかった。全《すべ》てが母の託《たく》した策に——それを準備《じゅんび》するノヴィアと、

(ジーク・ヴァールハイト……)

その男の到来《とうらい》に、かかっていた。

「こんな遠くにまで来て、大丈夫ぅ?」

アリスハートの不安げな声をよそに、

「みんな自分の事が不安で、誰も埋葬《まいそう》さえ出来ないでいるんだもの……誰かがやらなきゃいけないことよ、アリスハート」

少女は、葬歌の日課《にっか》を、実行《じっこう》し続けた。それも、都市の墓地ではなく、先日の、市民軍

の大敗した戦場へ、足を運《はこ》んでの事である。

辺りには無念《むねん》の風が吹《ふ》き荒《あ》れ、とても少女にそれを宥《なだ》められるとは思えなかった。

だがそれでも少女がここを訪《おとず》れるのは、ひとえに母の策を託された男が到来するのを待っていたからであり――また、自分に出来る事が、それだけだったからだ。

「せめて戦って死んだ人たちを、慰《なぐさ》める事くらいしか、私には出来ないから……」

杖《つえ》を手に死者の前に立ち、少女は言った。

都市では、市民全員での抗戦《こうせん》が計画されていた。戦況《せんきょう》は刻々《こくこく》と悪化《あっか》し、時として少女自身が、母の策も何も信じられなくなるときがあるほどであった。もはや何をしても絶望的《ぜつぼうてき》なのではないか、という不安に襲《おそ》われるつど、

(彼なら、もしかすると……)

不思議《ふしぎ》と、母のその言葉が、少女に勇気を与《あた》えた。その男なら、少女の目を開く事が出来るかもしれない。またそうでなければ、母から受《う》け継《つ》いだ力を丸ごと消してしまうしか、光を取り戻《もど》す方法は無い――

偉大《いだい》な母がそうまで言う男が、どんな人物であるか知りたかった。その知りたいという思いが、少女を救い続けた。

やがて、決戦を間近に控《ひか》えたある日――

少女がいつものように葬送の歌を歌っていると、指が、ほとんど勝手《かって》に杖を探《さぐ》っていた。安らぎたまえ、安らぎたまえ。杖《つえ》に刻《きざ》まれた聖典《せいてん》の句を指がなぞるうち、ふと、最後の言葉の部分を、指が読んでいた。

少女の歌声に変化は無かった。態度《たいど》にも何も現れなかった。それは既《すで》に少女が十分に知っていた事だった。ただ少女が、それを確かめるのを恐《おそ》れていただけで。

『私の大切な娘《むすめ》、ノヴィアへ』

杖にはそう刻まれていた。母は決して、ただ後継者《こうけいしゃ》としてだけ自分を見てはいなかった。

「ノヴィアぁ、どうしたの、大丈夫《だいじょうぶ》ぅ？」

アリスハートが、心配そうに少女の頬《ほお》を撫《な》でた。その頬を、暖かい涙《なみだ》が後から後から流れて止まらなかった。

「分かってた……分かってたのに……」

少女が泣きながら言った。母が死んでから初めて、涙が零《こぼ》れていた。母に愛されているかどうか、確かめたいばかりに、自分が母を愛していることを伝《つた》え損《そこ》なった。

そしてもはやそれを伝えるすべはなかった。ただ母の魂《たましい》が天に還《かえ》る事を祈《いの》るだけだった。その事がひどく悲しく、辛《つら》かった。

安らぎたまえ、安らぎたまえ。声が、熱《ねっ》っぽい嗚咽《おえつ》と共に、激しい風に消えてゆく。

安らぎたまえ、あなた達の平安《へいあん》は生まれた時から約束《やくそく》されていたのだから——死者を慰《なぐさ》めているのと同時に、まるで自分に向かって歌っているようだった。

少女は歌い、そして歌いながら泣いた。

風もまた、ごうごうと慟哭《どうこく》していた。

「今日も行くのぉ？」

アリスハートが訊《き》いた。少女は杖を突《つ》きながら、街道《かいどう》を真《ま》っ直《す》ぐに戦場跡《せんじょうあと》へと進み、

「そうよ。もしかすると、軍勢が来ているかも知れないもの」

「軍勢ったって……なーんにもいないよぉ」

「影《かげ》の軍勢だって話だから、きっと、黒くてよく見えないのよ」

「いや、別に、影の軍勢だからって、本当に黒いわけじゃぁ……」

呆《あき》れたように返すアリスハートに、少女がくすくす笑った。少女にもう迷《まよ》いはなかった。母を信じ、母の遺《のこ》した策を信じた。自分はあの偉大な母の娘だ。強くそう思うことで、緊《きん》張《ちょう》と恐怖《きょうふ》に対抗《たいこう》していた。

やがていつものように戦場跡で立ち止まり、杖を握《にぎ》りしめ、閉ざされた視界の向こうで吹《ふ》き荒《すさ》ぶ風に、耳を澄《す》ませた。

どこからか、足音が聞こえる気がした。

母が最後に全《すべ》てを託《たく》した男の足音——もしかすると少女の目を開かせてくれるかもしれないという、その男の歩《あゆ》む影を、少女はまさしくその脳裏《のうり》にはっきりと見ていた。自然と、母が教えた聖典《せいてん》の一節が口をついて出た。


主、汚《けが》れし霊《れい》に問いたもう。

「汝《なんじ》の名は何か」

彼、答えていわく——


「〝軍団《レギオン》〟……我ら大勢《たいぜい》なるゆえに」

少女の呟《つぶや》きとともに、風が、大きく騒《さわ》いだ。

「なに、それぇ」

アリスハートが不思議そうに首を傾《かし》げた。

少女は、真摯《しんし》な顔を、彼方《かなた》に向けている。

その答えの到来《とうらい》を告《つ》げるように、風が、おうおうと、頭上《ずじょう》で、騒《さわ》いでいた。

後書き

初めましての方も、またお会いしましたねの方も、こんにちは、冲方《うぶかた》です。

皆様のご愛顧《あいこ》のお陰様《かげさま》を持ちまして、『カオス レギオン』短編集の刊行《かんこう》と相成《あいな》りました。

しかも、雑誌ドラゴンマガジンに連載《れんさい》された六話に、番外編《ばんがいへん》を追加《ついか》してのお届けです。

ジークと出会う前の、ノヴィアとアリスハートの生活を紹介するこの番外編、第一話と密接《みっせつ》に結びついた構成《こうせい》になっております。

全話を読んだ後で、番外編を読み、そこからまた第一話を読むと、また違った味わいが楽しめるのではないか、とウブカタ本人は思っております。是非《ぜひ》お楽しみあれ。

さて、この物語では、盲目《もうもく》となった少女ノヴィアと、ひたすら明るいアリスハートが、謎の墓掘《はかほ》り人ジークと出会い、その後を追って旅に出ます。

彼らの真っ直ぐ歩みゆく姿が、とにかく僕は大好きなのです。

その第一話が、雑誌ドラゴンマガジンに連載《れんさい》されたのが二千二年の夏――

『カオス レギオン』が初めて世に出るのと時期を同じくして、ワールドカップで日本中が燃《も》え上がっておりました。僕自身も、担当《たんとう》のシバッチユイユイ氏から、

「大観衆《だいかんしゅう》を生で観《み》られるなんて、滅多《めった》に無《な》い機会《きかい》ですから、観に行って下さい」

などとメールを送られ、編集公認《へんしゅうこうにん》でのサッカー観戦《かんせん》に、いそいそと足を運んだりしたものです。五万人が同じ瞬間《しゅんかん》に叫《さけ》ぶとこうなるのか、と感動《かんどう》しました。もちろん試合にも感動しましたとも。青いユニフォームに顔面《がんめん》日の丸、調子《ちょうし》に乗って大阪《おおさか》から宮城《みやぎ》まで日本縦断《じゅうだん》、七試合連続で観戦し、完全燃焼《かんぜんねんしょう》。財布がすっからかんになって原稿料を前払いしてもらったのも、今では良い思い出です。トルコ戦の後は悲しかったなあ……。


そういえば、ウブカタが、韓国《かんこく》のサッカー選手アン・ジョンファンに物凄《ものすご》くよく似ていて、家族・友人・編集諸氏、ついでに本人も揃《そろ》ってびっくりしたのも、その頃でした。


韓国とトルコが戦った、三位決定戦では、ワールドカップ観戦用《かんせんよう》に、ドラマガ編集部に持ち込まれたテレビに向かって、

「何やってんだ、ウブカタ、シュートだ」

「ウブカタぁ、決めろ！」

コールが起きていたとのこと。僕じゃないっちゅーねん。あの人が僕に似てるだけ。

……ああ、それにしても、色々ありました、二千二年。何と言っても『ロード・オブ・ザ・リング』が公開されたのが、ちょうど、第一話を推敲《すいこう》している頃でありました。

担当のシバッチユイユイ氏などは、

「レギオンの軍団戦《ぐんだんせん》の参考《さんこう》になるかもしれませんので観て下さい」

と力説《りきせつ》するものだから、これまた公認で、嬉々《きき》として映画館に足を運んだものです。

冒頭《ぼうとう》から、さっそく大迫力《だいはくりょく》の軍団戦。なんというキャストの数か。あの映像《えいぞう》の力たるや、もう凄《すご》い凄い。本当に凄い。後になって、打ち合わせで吠《ほ》えたものです、ウブカタ。

「四十枚で、あんなシーン、書けるわけがありませんヨー」

と。

それでも、やはり観て良かったですとも。陣形《じんけい》や指揮《しき》というものが無いまま、軍団戦などをしたら、本当に何が何だか分からなくなるというのが、良く分かりました。

ジークは凄いです。

そして、忘れてはいけないのが、『カオス レギオン』のゲーム発表。

ドラマガ誌上の特集で「俺と軍団《レギオン》、喚《よ》ばないか？」と、いきなりジークが手招《てまね》いた時には、とうとう発表《はっぴょう》されたかと、思わずガッツポーズ。

この後書きが活字《かつじ》になる頃には、既《すで》にゲームが発売され、きっと多くの人々が、モンスターを剣《けん》で跳《は》ね上《あ》げ、素早《すばや》く招き出して、コンボを決めるのに夢中《むちゅう》になっているでしょう。ですが、短編連載中は、厳《きび》しい箝口令《かんこうれい》が敷《し》かれ、ゲームのゲの字も口にしてはいけなかったのです。それがまた、何とも苦しかったですとも。

富士見とカプコンのタイアップたるや、もう水も漏《も》らさぬ隙《すき》の無さ。僕の役目《やくめ》はひたすら、ジークやノヴィアやアリスハートの心を追《お》いかける事でありました。

一方では、ゲーム制作《せいさく》が並行《へいこう》して行われ、新たな画面の数々が作り出されるたびに刺激《しげき》を受《う》け、「それなら僕はこれをやってやる」と叩《たた》き返《かえ》す日々。

また一方では、結賀《ゆいが》さとるさんが、素晴《すば》らしい絵をどんどん描き出して下さっている。さながら、毎日が異種格闘技戦《いしゅかくとうぎせん》。ここで僕が負けたら、小説が、ゲームや絵に負けた事になるのではないか。いつの間にか、そんな風に思い込んだりもしたものですヨ。

そしてやはり、こうしてジーク達の旅を見届《みとど》けて思うのは、小説には小説の面白さがあり、絵やゲームにも、それぞれにしか出来《でき》ない事があるのだなあという事でした。

ありきたりな結論《けつろん》かもしれませんが、その事を今、深く実感《じっかん》しております。

ゲームスタッフの皆様、本当にお疲《つか》れ様《さま》でした。そして『カオス　レギオン』の世界を絵で広げて下さった結賀さとるさんに、大感謝《だいかんしゃ》です。

ちなみに——

ジークが招《まね》き出《だ》す〝魔《ま》兵《へい》〟ですが、ゲームには登場《とうじょう》しないものが、小説では何種類か登場しております。いったいどれが小説のみの登場か、探《さが》すのも楽しいかもしれません。

さて——ノヴィアがジークを追いかける旅は、この短編集でひとまずの区切りを迎《むか》えました。引き続き、夏頃刊行予定の『カオス レギオン外伝（仮）』では、また違《ちが》うジーク達の様子《ようす》が描かれる予定です。どうぞお楽しみあれ。

最後になりましたが、多くの刺激とご教授《きょうじゅ》を下さった担当のシバッチユイユイ氏、富士見の編集諸氏、カプコンの皆様、そして結賀さとるさん、本当にありがとうございました。

そして連載中のジーク達を愛して下さった皆様へ。心からありがとうございます。

どうぞこれからも、応援《おうえん》のほど宜《よろ》しくお願い申し上げます。

冲方 丁　二千三年　二月

初出　月刊ドラゴンマガジン２００２年９月号～２００３年１月号＋書き下ろし

富士見ファンタジア文庫

カオス レギオン0
招魔六陣篇
平成15年3月25日 初版発行

著者――冲方《うぶかた》 丁《とう》

発行者――小川 洋

発行所――富士見書房
〒102-8144
東京都千代田区富士見1-12-14
電話 営業部 03(3238)8531
編集部 03(3238)8585
振替 00170-5-86044

印刷所――旭印刷
製本所――本間製本
落丁乱丁本はおとりかえいたします
定価はカバーに明記してあります
2003 Fujimishobo, Printed in Japan
ISBN4-8291-1496-7 C0193

富士見ファンタジア文庫愛読者カード

ご購読いただきありがとうございます。下記のアンケートにお答えください。今後の企画の参考にさせていただきます。

この本のタイトル	

●この本を何で知りましたか？

1.新聞・雑誌を見て（　　　　　　　　　　　　　　　）
2.書店で見て　3.人に勧められて
4.その他（　　　　　　　　　　　　　　　）

●お買い求めの動機は？

1.作者が好きだから　2.カバー（イラスト）がよいから
3.タイトルが気に入って　4.カバーの作品紹介を読んで
5.その他（　　　　　　　　　　　　　　　）

●内容について　1.良い　2.ふつう　3.良くない

●イラストについて　1.良い　2.ふつう　3.良くない

●定価について　1.高い　2.ふつう　3.安い

●雑誌「ドラゴンマガジン」を購読していますか？

1.毎月　2.時々　3.いいえ

●どんなジャンルの小説が好きですか？（複数回答可）

1.ファンタジー　2.SF　3.ミステリー　4.アクション
5.ホラー　6.ラブロマンス　7.伝奇　8.歴史・時代小説
9.戦記シミュレーション　10.純文学　11.その他（　　　　）

●この本についてのご意見・ご感想をお書きください。

郵便はがき

おそれいりますが
50円切手を
お貼りください

102-8144

東京都千代田区富士見1-12-14

富士見書房編集部

「富士見ファンタジア文庫」係　行

ご住所	〒		
お名前		(男・女)	歳
ご職業 (学校名)		TEL	

●このアンケートをご返送くださった方の中から年1回抽選の上、100名様に記念品として小社オリジナルグッズを差し上げます。発表は発送をもってかえさせていただきます。ぜひご返送ください。